小学館文庫

殻割る音

中村汐里

JN019786

小学館

Contents

殻割る音

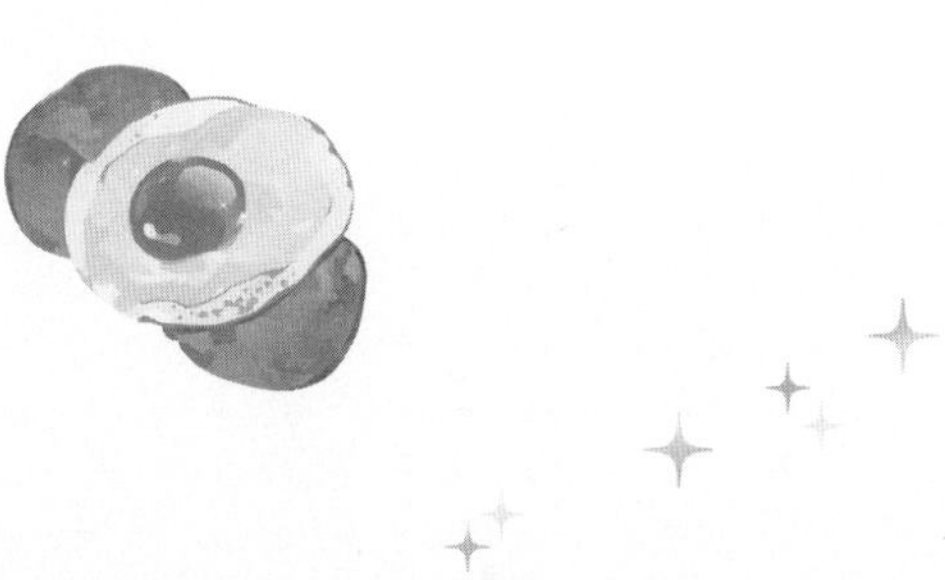

Step 1
冷たい卵

＊

ぱちぱちぱち。ぱちぱちぱち。

誰かが手を叩いている。小さな拍手の重なったような音が、部屋の外から聞こえてくる。絵本を閉じて振り返り、伸びあがって音を探す。目に入ったのはキッチンだった。青いタイルの壁に向かって立っている人がいる。窓から赤い光がめいっぱいに差していてひどく眩《まぶ》しく、その姿はあまりよく見えない。

椅子《いす》を降りてそっと近づいてみる。キッチンに踏み込んだところで音の正体がわかった。拍手だと思ったそれは、食べ物を焼いている音だった。くん、と鼻が鳴って、お腹《なか》の空《す》くいい匂《にお》いを嗅《か》ぎ取ったのだから間違いない。料理の正体を確かめたくて、もっと近づこうとした、そのときだった。

「危ないから待っていて」

そう言われた気がして足を止める。頭の中に直接囁《ささや》かれるような声だった。なんだか聞き慣れない、誰のものかもわからない、厳しくて張り詰めた響きだった。

うん、と心で呟《つぶや》いて部屋に戻る。作っているのはなんなのか、作っているのは誰なのか。そればかりが気になって、もう一度開いた絵本のページを読まずにめくる。その繰り返しにすっかり飽きた頃、明るい足音がぱたぱたと響いて『誰か』が『なにか』を持ってきた。

「お待ちどおさま」

斜め後ろから伸ばされた腕。テーブルに置かれた白い皿。それを見て、思わずわあっと笑顔が零《こぼ》れた。大好きな桜の花のようにピンク色をしたハムと、ふにゃふにゃと描かれた白の中心に黄色が丸く据えられた卵。かわいい三色のハムエッグに、心がきらきらとときめいてたまらない。

ありがとう、と言おうとして作った人を見上げる。けれどただ天井が見えただけで、そこにいたはずの『誰か』はいない。懸命に周りを探してみても、ハムエッグを運んできた人の姿はどこにも見当たらなかった。

そろそろと戻した視線の先で、ハムエッグから立ち上る湯気だけがふわふわと漂っている。その揺らめきを眺めているうちに意識がぼんやりと溶け、辺りがだんだん暗くなっていく。そうして気がつけば、ハムエッグを口にできないまま朝の光の中で目を覚ましているのだ。

もう何度見たかわからない、繰り返される夢。ページをめくっても頭に入らない絵本と同じだった。いつだっておいしそうな香りだけを残して、ハムエッグも作った人も目の前から消えてしまう。その人の顔も、ハムエッグの味も、いつまでたっても知れる日は来ない。目覚めのぼんやりした頭にはいつも、そんな諦《あきら》めが打ち寄せていた。

＊

ピッ、ピッ、ピッ、と電子レンジが調子外れなトーンで歌う。きっかり五回数えたところで音は止まり、それが室本《むろもと》母娘の『団欒《だんらん》』が始まる合図だった。

「お母さん、それ熱いんじゃない？　気をつけてね」

機械の中に伸ばした手をさっと引っ込めた母に、さくらは小さく声をかけた。薄いプラスチックは溶け出しそうなほど熱くなるから、爪《つめ》の先ですくい上げながら持たなくてはいけない。それから一秒でも早くテーブルまで運ばないと、あっという間に指先を火傷《やけど》してしまう。何度も失敗して覚えたからよく知っていた。

「あつつ。ほんとだ、これ温めすぎたかも。うっかりしてたなあ」

母親の泉《いずみ》が指に息を吹きかけながら、悔しそうに独りごちる。シャンと着こなした黒のパンツスーツ姿はキッチンの風景と不釣り合いだけれど、それを気に留める者はここには誰もいない。

「蓋《ふた》を外すときも注意してね」

「そうする。蒸気でひどい目にあうのはもう嫌だわ」

「私が取ってあげようか？　慣れてるよ」

「これは大丈夫。でも次のはさくらが温めてくれる？　時間は大体一分半かな」

わかったと返事をして、黒いトレイをレンジに閉じ込めた。母は一分半と言ったけれど、今日買ったものは小さいから、ぴったり一分でいい。できたてと同じくらいまで温まる時間なら、これまでの経験からきちんとわかっていた。

レンジのドアを何度も開け閉めし、そのたびに熱い熱いと声をあげながら、二人は夕食の支度を少しずつ整えていく。最後のおかずを取り出そうとしたとき、レンジのものよりわずかにトーンの高い電子音が耳に飛び込んできた。それを聞いて、顔が自然とほころぶ。

「ちょうど炊けたみたいね。じゃ、今日もお願いするわ」

「うん、わかった」

母に言われるより先に体が動いていた。ダイニングテーブルにおかずを次々と並べていく母を横目に、ひと呼吸置いて炊飯器の蓋を開ける。閉じ込められていた熱気が勢いよく立ち上り、蒸された米の匂いがもったりと辺りに漂った。その空気を思いきり吸い込み、炊きたての一度きりしか楽しめない特別な時間を堪能《たんのう》する。

幸せに匂いがあるとしたら、きっとこのご飯と同じものに違いない。頭の中にはティンパニのロールが鳴り響き、期待がぐんぐん高まっていく。頰を緩ませながら白米の中にしゃもじを差し入れてすくい混ぜると、咲いたばかりの真っ白な花が嵐に吹かれたように舞い崩れた。

ご飯をよそうのは、いつもさくらの役目だった。炊きたてのご飯の匂いに毎日包まれたくて、初めて母にお手伝いを願い出たのはもう六年も前になる。最初は茶碗に盛るだけだったのがいつしか米研ぎもこなすようになり、今では完全にさくらがこの家の炊飯担当になっていた。

丁寧に盛り付けた二人分のご飯をテーブルまで運び、さくらは母の差し向かいに置かれた椅子を引いた。食卓に並ぶのは温められたトレイが三つ、冷たいカップ容器が一個、茶碗が二個、銘々皿が二枚、マグカップが二個、そして箸が二膳。席についた母娘は揃って手を合わせる。

「いただきます」

「はい、いただきます」

なにから食べようか、そんな迷いはさくらにはない。真っ先に、左手で包んだ茶碗にちんまり収まったご飯を迎えに行く。口を開けた瞬間、温かくみずみずしい匂いが鼻先でふわりと躍る。

　さっき顔いっぱいに浴びた匂いがジェットコースターのように刺激的なアトラクションだとしたら、食べる瞬間のそれはお風呂に浸かっているときの安らかな癒しだ。米のひとかたまりが粒へとほどけるのを感じながら噛《か》み潰《つぶ》し、口の中に広がる柔らかい甘さを楽しみながら大事に飲み込む。それを何度も繰り返し、茶碗の底が見え隠れし始めた頃になってようやく手を止めた。いつもと変わらないご飯の味わいにほっと息をつく。

「さくらはいつもご飯から食べるよね」

　満足そうな表情を浮かべる娘を見て、泉がいたずらっぽく笑った。

「うん、ご飯好きだから。炊きたてご飯だけで三杯いけちゃうかも」

「三杯はさすがに多いよ。朝食べる分なくなるよ」

「そうだよね。二杯にしとこうかな」

「その方がいいよ、夜に食べ過ぎると太っちゃうし。それよりおかずいらないの？　冷めちゃうよ」

　母の言葉に、テーブルに点々と置かれた料理を眺める。ついさっきまで熱くて持てないと騒いでいたのだから、簡単には冷めないだろう。今はご飯があれば充分だった。けれどさすがにそうとも言えず、黒いトレイに並ぶ焼売《シューマイ》にそろそろと箸を向けた。

挟み取ろうとした箸が二回滑り、面倒になってえいやっと真ん中に突き刺す。怒られるかも、と母の顔をこっそり窺ったけれど、どうやら気づかれてはいないようだった。

行儀の悪さが見つかる前に、証拠をきれいに食べてしまうことにした。箸に貫かれた焼売を素早く半分かじると、残りの半分が茶碗の中にころんと転がった。

この食べ物はどこか不思議だ。口の中では肉の味ばかりするのに、鼻ではどこか甘い匂いがする。肉のおかずがどうして甘いのか、今日もやっぱりわからないままだ。

「今日の学校はどうだったの」

バジルチキンステーキをひと切れつまみながら、泉が話を切り出した。その言葉に、来た、と反射的に身構えて目を伏せる。

「今日は算数の小テストが返ってきたよ。一応、満点」

「よくできました。小テストなんかでつまずいてたらこの先やっていけないからね。もう学校の授業なんて復習みたいなもんでしょ?」

「そうだね……先に塾でやったから」

学校の勉強でつまずいてなんかいられない。胃のあたりに重くのしかかる言葉に、焼売を噛む力がほんの少し弱まった。

「塾に通ってるから絶対安心ってわけでもないけど、それでもかなりのアドバンテージよね。さくらはやればできる子なんだから、いまの成績をキープできれば大丈夫だと私は思ってるよ。しっかりね」

また少し、お腹の奥がきゅっと締め付けられた。母の言う通り、今のところは成績に不安もない。励まされているのもわかっている。それでもさくらの心は緊張で固くこわばりそうになっていた。

母はずっと自分の顔を見つめている。向けられる視線が強ければ強いほど、目を背けてどこかへ隠れたくなってしまう。相手はたったひとりだけれど、それが母だからこそ逃げたくなってしまうのだ。

とは言え、逃げるわけにはいかない。そろそろと顔を上げ、母の視線を受け止める。

「あとは……そうねえ、テストはまあいいとして、発表はもう少し頑張りなさいね。先週の授業参観、ちょっと手の挙がり方が控えめすぎたように見えたよ。学校では授業態度も成績表に影響するんだからしっかり手を挙げること。さくらはもっと積極的になった方がいいと思うよ。答えがわかってるのに発表しないのは損だからね」

「うん……わかった」

おかずを選ぶ素振《そぶ》りをしつつ、そっと母から目を逸《そ》らす。目を合わせているのがだんだんつらくなり、結局逃げてしまった。迷い箸を続けるさくらの耳に、さらさらと引く波にも似た音が聞こえてくる。食欲が遠ざかっていく音だ。

「塾の模試って今週末だったよね？　そっちの勉強はできてる？」

「やってるよ。今日は塾で過去問解いた。だから多分大丈夫」

「多分かあ。絶対って言えるくらいになってほしいな。何度も言うけど成績は問題ないんだから、もっと自信持ちなよ？　学校でも塾でもトップクラスなんだから」

食べたかったわけでもない大根サラダを口に詰め込んだ。食べるのに忙しくて返事ができない、そんなふりをしてやり過ごしたかった。冷たさが口の中に広がり、うっすらとした苦みが鼻に抜ける途中で止まる。

生野菜を嚙み砕く音がもっと強く耳の裏に響けば、このあとも続く母の話は聞こえなくなるかもしれない。そう期待しながら、スピードを上げてサラダを嚙み潰した。

「わかってるとは思うけど、受験まであと半年ないからね。油断したらあっという間に抜かれて取り返せなくなるよ。ここからが一番大事なんだから、そのあたりは忘れないで」

だめだった。聞こえてしまった。咀嚼音《そしゃくおん》のバリケードを越えて母の声は鼓膜に届いた。

心に小石が投げ込まれた心地がした。今日に始まったことではない。毎晩少しずつ飛んでくる小石がどれほどの数になったのか、もうわからなかった。溜《た》め込まないで片付けてしまえばすっきりするのだろう。けれどはき出すためのほうきなど持っていないし、どこへ転がしてしまえばいいのかもわからない。あと半年もの間、まだまだ増えそうな無数の小石を抱えて立っていられる自信はない。

「あ、このコーンクリームコロッケおいしそう。お母さんもう食べたよね？　どうだった？」

苦し紛れだった。自分でもびっくりするほどわざとらしく、話の行く先をねじ曲げた。

実のところコロッケはそこまでおいしそうに見えなかったし、加熱のしすぎで破れた衣が白く湿っていて食欲をそそられない。それでも勉強の話から避難するためには、とりあえず目についた食べ物に頼るしかなかった。

「うん、これ新商品だよね。わりとおいしい方だよ。こないだ食べた普通のクリームコロッケはイマイチだったよねえ。次もこっちにしようね」

あからさまな話題そらしではあったけれど、母は気にもとめていないようだった。ほっと小さく息をつき、黙ったままコーンクリームコロッケを銘々皿に移す。箸先で割り広げると、俵形《たわらがた》がいびつに開いた。冷め始めていたせいか、それとも元から固いものだったせいかはわからないけれど、中からクリームは溶け出さなかった。

直径四センチ、高さ七センチのクリームコロッケが三分の二になったときの体積を求めよ。そんな計算問題をぼんやりと思い浮かべながら、小さな方の半分を口に詰めた。油と牛乳の味がしただけで、どうしてもおいしいとは思えない。

これならやっぱり、ご飯だけを食べていた方がずっとよかった。

「そういえば、お父さん再来週の土曜日に帰ってくるって」

洗い物を済ませた母が食後のコーヒーを淹《い》れている。届いた声は明るく穏やかなものだった。キッチンから広がる香りは重く香ばしく、思わず鼻をひくひくさせる。

ずっと前にテレビで見ただけの、古い喫茶店の風景が頭の中に瞬《また》いた。コーヒーが染み出すように、その映像はゆっくりとセピア色に変わっていく。なぜだか懐かしい気持ちに包まれながら、ほんの短い空想旅行は幕を閉じた。コーヒーは飲めないけれど、この香りに誘われる大人っぽいひとときは毎晩の楽しみだった。

コーヒーの香りとともに届くメロディーは、さくらが選んだＣＤのクラシック曲だった。チャイコフスキーのピアノが控えめだけれど軽快に駆けていく。

さくらはオーケストラ演奏のクラシックが好きだった。小さな頃からクラシックの流れる家の中で育ち、コンサートホールに足を運んだことも一度や二度ではない。たくさんの楽器が奏でる音が集まり、ひとつの音楽になって世界を広げていく。そのさまは、幼いさくらの心を惹《ひ》きつけてやまなかった。

「その日の晩ごはん決めなきゃね。どこにしよっか？」

もう一度母から投げられた言葉をキャッチして、少し考えてから口を開いた。

「ごはん、家では食べないんだよね？」

投げ返した答えに込めた力は少しだけ弱かった。

「そりゃあね。お父さん帰ってこられるの月に一回なんだから、そんな日くらい贅沢したいじゃない。さくらの食べたいものはないの？」

やっぱり。思っていた通りの答えを受け止める。

「じゃあ、千《ち》とせのしゃぶしゃぶ食べたいな。ほら、春に行ったとこ」

たまたま思い出した店の名を口にする。どうしてもそこへ行きたいわけではない。家族三人揃っての『外食』なら、場所はどこでもよかった。

「どこだったかな……ああ、思い出したわ。新幹線の駅ビルだったよね。それなら駅までお父さん迎えに行く?」

「いいよ。その日は塾休みだし」

じゃあ決まりね。そう言いながら足早にキッチンを出てきた泉は、コーヒーで満たされたマグカップをテーブルに置いて娘の隣にすとんと腰かけた。ピアノの音色が鼓膜の奥へなだれ込み、ほのかな化粧の香りがさくらの鼻をくすぐる。

「お父さんのお土産《みやげ》、今月はなんだろうね」

「またクッキーじゃない? たくさん入ってればそれでいいと思ってるのよ。同じ味ばっかりあっても飽きちゃうのにね」

自分のマグカップを手繰《たぐ》り寄せながら、母とのおしゃべりを楽しむ。晩ごはんのときも、こうやって他愛ない話ができたらいいのに。そう思いながらアイスココアを勢いよく流し込む。喉を駆け抜けた冷たさが身体《からだ》の芯を冷やした。

手の中にあるマグカップは、三年生のときに買ってもらったものだ。パステルタッチで大きく描かれたウサギの、これまた大きな瞳が印象的でお気に入りだった。けれど今日は、そのぱっちりした目に心の中までじっと見られているような気がして慌てて視線をそらしてしまった。

(今日は聞けそうだったのに、やっぱり聞けなかった)

母に聞いてみたいことがある。そう思いながら、これまでずっとタイミングを逃し続けてきた。マグカップの底に、ミルクの中に混ざれないまま沈んだココアが溶け残っている。自分がココアの溶け残りだと想像したら、なんだかかっこ悪いけれどちょっぴり笑えてきた。母に気づかれないように心の中で笑っているうちに、気持ちが解きほぐされてきたのがわかった。こうなったら笑えるついでの勢いで、少しだけ強引なお願いを言ってみることにした。

「じゃあお父さんにメールしといてよ。今度のお土産はスピカのバウムクーヘンがいいです、って」

スピカは父の単身赴任先にある洋菓子店だ。一番人気のバウムクーヘンはレースのように軽い生地がふんわりと巻かれ、しっとりとろける味わいが売りで『妖精のバウムクーヘン』と呼ばれている。一日百個の限定販売らしく、しかしその数が多いのか少ないのかまでは見当がつかなかった。

週末には開店前から大勢の人がやってきて、アリのような行列を作るのですぐに売り切れてしまうとも聞いた。たくさんの人がずらりと並んで、お目当ての甘いお菓子を抱えて家に帰っていくなんて、本当にアリみたいでなんだかかわいく思えてしまう。

　スピカは以前から有名な店だったけれど、最近は特に人気が高まっているようだった。あちこちのグルメ番組で紹介されているらしく、スイーツの情報にクラスで一番詳しい友人の末永璃子《すえながりこ》が放送のたびに必ず教えてくれる。特に最近の報告はかなり多く、ニュースと教養番組以外にテレビをほとんど見ないさくらでも、スピカがどれほど注目を集めているのかを知るのは簡単だった。

　さくらは璃子とおしゃべりをしながら、スピカのバウムクーヘンがどれほど素敵な味なのかを想像するのが好きだった。手に入るチャンスが今なのだとしたら、逃してしまうのはあまりにももったいない。

「スピカかあ、」

　うーん、と泉は首をひねった。今すごい人気だからお父さんを並ばせるのはかわいそうかも。そう続いた言葉を聞いて、さくらは思わず胸の前で手を合わせ母の顔を覗《のぞ》き見る。

　しばらく考える素振りを見せていた泉だったが、よし、と頷《うなず》くとポケットからスマートフォンをさっと取り出した。

「でもさくらが自分から欲しいものを言うってちょっと意外だな。いいんじゃない？　たまには限定っぽいお土産も食べたいし、今のうちにメールしといてあげる」

「ほんと？　やったあ！　お母さんありがとう」

「お礼はお父さんに言いなさいね。買ってきてくれたら、の話だけど」

心に広がる雲の隙間から光が差した。人を喜ばせることが好きな父ならきっと手に入れてくれるだろう。まだ見ぬ妖精のバウムクーヘンに手が届くかもしれないと思うと胸がどきどきした。

熱心に情報を追っている璃子より先に憧れを手に入れてしまうのは申し訳ない気もしたけれど、少しだけ優越感もある。買ってもらえたら独り占めして璃子に自慢してしまおうか、それともおすそ分けしてあげようかと少し悩み、璃子と一緒に食べようと決めた。おいしいものは、誰かと一緒に食べればもっとおいしいだろう。

さくらの心は妖精の羽を手に入れてふわふわと宙を舞う。つい先ほどまでの沈んだ気持ちが嘘みたいにかき消えていた。

「さて、お風呂の時間までもうひと頑張りしておいで。沸いたら呼ぶからね」

母に勉強の続きを促され、はぁい、と浮かれた返事をした。ずっと食べたかったものが食べられるかもしれない、そう思うだけでやる気が生まれてくる。今夜はいつもより集中して勉強できそうな気がして、自室へ向かう足取りは自然と軽くなった。

受験生なら誰でも睡眠時間を犠牲にして勉強に励むとは限らない。しっかり寝ないと翌日頭が働かないさくらは、どんなに遅くても二十二時までには寝て六時半に起きるよう心がけていた。その分集中して勉強する必要はあるけれど、だらだらと机に向かうよりもメリハリのある方法はさくらに向いていた。

いつも通りの時間に鳴ったアラームを止め、まだ目覚めきっていない身体を起こす。ぼんやりとタオルケットの端をなぞるさくらの目には戸惑いの色がにじんでいた。

（また同じ夢だ……）

記憶の中で揺れるおぼろげな風景をひとつずつ思い返す。

拍手にも似た、何かを焼いているような音。

赤い逆光でよく見えない誰かの後ろ姿。

軽快な足音と「お待ちどおさま」の声。

差し出される白い皿に乗せられた三色のハムエッグ。

もう何度目になるのかもわからない夢。箸を取ることもできないうちに景色が溶けて、ハムエッグを口にできないまま目が覚めるのだ。食べ損ねて味わえないもどかしさが目覚めの頭にずんとのしかかる。この夢を見るたびにさくらは毎回浮かない気分にさせられていた。

（夢に出てくる人、お母さんのはずだよね）

夢の中で聞こえるのは、いくらか険しいものの母の声だと思いたかった。でも顔もわからないし、かろうじて見えたシルエットも母の髪型と違う。女の人には間違いないのに、母だという確信は持てずにいた。

（でも……）

「さくら、起きてる？　私そろそろ出るから！」

母の声が聞こえてきた。夢の謎を追うのをやめて部屋を出る。ダイニングに向かうと、泉がちょうどベランダのガラス戸を閉めているところだった。外には洗いたての洗濯物が干されている。

泉が早朝に干した洗濯物を、さくらが下校後に取り込む。この分担作業はもう何年も続いていた。母より先に起きたことはないな、とふと思う。

「おはよう。今日、早いんだね」

「昨日残してきた仕事があってね。電車もこの時間なら混まないし、ちょっと早く出ることにしたの。帰りはいつも通りのはずだから、塾のあとメールちょうだい。駅前で待ち合わせね」

フローリングワイパーをてきぱきと動かす泉は、早口で今日の予定を告げた。あっという間に準備を済ませた母を見送る。

仕事は母にとって大切なものであり、誰より情熱を持って働いていることをさくらは知っている。熱心に仕事に打ち込む姿は眩しく、さくらにとっても憧れだった。それと同時に、ぽつんと取り残されるような寂しさが心にあるのも確かだった。

「……ご飯食べよう」

静まり返った玄関に零れた独り言はぽたりと足元に落ちる。ひとりになった途端、部屋の温度が少し下がったような気がした。

ダイニングに戻る途中、母がさっきまで使っていたフローリングワイパーが廊下に立てかけてあるのが目に入った。収納場所に戻すのを忘れて行ってしまったらしい。しょうがないな、と肩をすくめながら片付ける。これまでにも同じことが何度かあったので手慣れたものだ。母の、忙しい朝のうちに掃除まで済ませる働き者なところも、それでいてうっかり片付けを忘れてしまうようなそそっかしいところも、直接は言わないけれど好きだった。

テーブルの上には伏せられた茶碗と箸が置かれ、隣にのりたまご味のふりかけが無造作に置かれていた。炊飯器を開けると、釜《かま》の中でひと晩過ごした米からはつややかな輝きが抜け落ち、炊きたてを食べたときのときめきはもう感じられなかった。空になった炊飯器のボタンを押すと保温ランプが消え、冷たい機械音が響いた。

ご飯はいつ食べてもおいしい。それは嘘ではない。炊きたてばかりではなく、少し水気が飛んでぬるくなった米の噛みごたえや淡白さも嫌いではなかった。

それでも独りで食べる食事はどこか味気ない。さくらは淡々とふりかけご飯を食べ終えた。

手早く食器と釜を洗い、身支度を整えて玄関に向かう。登校時間にはまだ早いけれど、のんびりテレビを見たい気分でもなかった。毎朝ひそかに楽しみにしている今日の占いが頭をよぎったものの、それも良い内容ではない気がした。

重い扉を押し開くと、薄曇りの空がさくらを見下ろしていた。

「行ってきます」

見送る人がいなくても、出発の言葉は口をついた。

一日のスケジュールを頭の中で確認しながら歩みを進める。学校に着いたら授業を受け、終礼のチャイムが鳴ったら一度帰って今度は受験のための塾。それが終われば仕事帰りの母と合流し、買ったおかずを温めて食べる。いつもと変わらない日々が、今日も明日もその先も繰り返されていく。

けれどあの夢が、変わらないはずの日常をほんの少しついてくるのではないか。

これまでずっと、現実のようでいて現実ではない光景を思いながら、なんとも言えないせつなさを感じてきた。その気持ちが、今朝はいつもより強い。

かすかな不安を踏みつけながら歩く。街路樹の影が、さくらに覆いかぶさるように枝の先を揺すった。この風が心の雲まで吹き飛ばしてくれないだろうかと空を見上げ、もう一度夢で見た人の顔を思い出そうとする。でも、どうしてもうまく描けなかった。

あの女の人が母だと自信を持って言えないのは、母がキッチンに立ち手料理を作る様子を見た記憶がないからだ。エプロンをつけている姿も、作った料理を差し出す手も、現実の母とは結びつかないものだった。さくらにとっての家庭の味は店で買ってきた惣菜《そうざい》のものでしかない。不満ではなかったけれど、どうしてもあの夢が心に引っかかっているのは確かだった。

母は本当にハムエッグを作ってくれたことがあるのかと、ずっと聞いてみたいと思っていた。けれどなんだか触れてはいけないことのような気もして、ずっと言い出せないまま過ごしてきたのだった。

「あのハムエッグ、夢の中でいいから一度食べてみたいな」

足取りが重くならないように、前を向いて大きく踏み出しながら呟く。いつも見る夢が忘れてしまった古い記憶のかけらなのか、気づかないまま抱いた願望なのかはわからない。ただひとつ、あの夢がさくらにとっての憧れということは間違いなかった。

Step 2 割り入れる

「今日は来週の調理実習の計画を立てます」

風とともに教室内を吹き抜けた担任の声に、三時間目の六年二組は授業中にもかかわらず鳥が一斉《いっせい》に飛び立つようにどよめいた。

どこを向いても目に入るのは期待に満ちた顔ばかりだ。クラスメイトのほとんどは、年に数回しかない調理実習を一大イベントとして楽しみにしているらしい。その中で、さくらはクラスを熱狂させる波に乗り損ねてひとりぽつんと漂っていた。

調理実習と聞いただけで、どうしてみんな喜んでいるんだろう。なにがそんなに楽しみなのかわからずぼうっとしていると、隣に座る璃子から満面の笑みで肩を叩かれた。とっさにぎこちない笑みを返す。

なかなか収まらない喧騒《けんそう》を制するように、担任の久保山聡美《くぼやまさとみ》先生が手を叩いた。

「はいはい、みんなが楽しみなのはよーくわかりました。先生も家庭科の中では料理が一番好きよ。さて、この実習は班ごとにやります。それぞれなにを作るかよく相談して、計画書に書き込んでいってね。メニューと使う材料が書けたら先生のところに持ってきてください。それではさっそく班の形になって」

ざわめきが収まったのも束《つか》の間《ま》、今度は机のふちをぶつける音が教室のあちこちから響き出す。六列に並んでいた座席は、見る間に八つのグループへと編隊を変えた。

さくらも机を動かし、璃子と向かい合わせに座る。夏休み明けの席替えで班も新しくなり、さくらのいる二班には璃子の他に二人の男子がいた。

「調理実習だって！　なにを作ってもいいのかなあ、私茶碗蒸し作りたい！　ああ、でもソースにこだわった生パスタなんかもおしゃれで良くない？　他にもさあ……」

机を寄せ合うや否や、璃子が早口に喋《しゃべ》り出した。よほど調理実習が嬉《うれ》しいのか、数年来の友人であるさくらでも思わずたじたじとなってしまう勢いで、難しそうな料理の名をいくつも挙げている。

「ばっか、末永そんなもん作れんのかよ。お前三つ星シェフかよ。俺そんなの無理」

鼻で笑ったのは沢崎晴哉《さわざきせいや》だ。椅子をギシギシと鳴らし、肘をついて退屈そうにも見えた。けれど真っ先に立ち上がって歓喜の声を上げたのも彼だったので、実際のところはかなり楽しみにしているのだろう。晴哉の無神経なほど奔放な物言いや自信に溢《あふ》れた態度が、さくらは少し苦手だった。

「ほら、まずはプリント。ここにテーマ書いてあるから、それ見てから決めよう」

曖昧に頷いたさくらの視界に、一枚の紙がひらりと飛び込んできた。プリントを回してよこしたのは、もうひとりのメンバーの渥美《あつみ》悠翔《ゆうと》だった。晴哉とは対照的に丁寧な話し方をするクラスメイトだ。誰かと揉《も》めることもほとんどなく、さくらにとっても話しやすい相手だった。

少し低めの落ち着いた声に促され、渡されたプリントに目をやる。紙面いっぱいに文字や表が印刷されたわら半紙は風にあおられてばさばさと音を立てた。飛ばないように押さえて左上から読み始めると、まず大きめの文字で『みんなの理想の朝ごはん』という実習のテーマが書かれていた。

今朝食べてきたふりかけご飯がちらりと思い出され、これは違うだろうなとかき消す。理想と言われても、これといって思いつかない。食べられるならメニューなどなんでもよかった。

「ふうん、朝ごはんじゃ茶碗蒸しはさすがに無理かなあ。でもさあ、これって『理想の』なんだからいいと思うんだよねえ……」

「末永はいいかげん茶碗蒸しから離れろよ。お前ほんとに朝から茶碗蒸し食いたいの？　現実見ろよ、目を覚ませ」

「沢崎まじうっざ。じゃああんただったらなにが食べたいわけ？　ふりかけご飯とか言ったら笑うから」

一瞬、息が止まった。心臓に冷たい氷の杭を打ち込まれたように身動きが取れない。自分が食べているのは友人から笑われてしまう朝食だったのだろうか。

「は？　ふりかけご飯馬鹿にすんじゃねえよ。簡単にいろんな味が食えるとか最高だろ。秘技・三種がけのうまさを知らないやつに偉そうなこと言われたくねえ」

もう一度息が止まりそうになった。打ち込まれた杭を一息に抜き取られたような心地がしてこわごわと晴哉の方を覗き見ると、肩越しにカーテンがひらりとはためくのが視界に入った。当の本人は三種がけの味を思い出しているのか、目を細めてにやにやと笑っている。

「なにそれ、味混ざるじゃん……ほんと沢崎って意味わかんないし。ねえどうする？　私フレンチトースト作りたい！　ほら、ご飯でもパンでもいいって書いてあるじゃない。フレンチトーストやろうよ！」

茶碗蒸しのことなどころっと忘れたかのように、璃子は新しい案を持ちかけた。次々とアイディアが湧き出す璃子の頭の中が一体どうなっているのか、覗いてみたくなる。

「でも俺、フレンチトーストなんか食ったことねえよ。あれ甘い食パンだろ？　そんなのおやつじゃん、和食の方がいいって絶対。日本人ならやっぱ米だろ」

「食べたことないなら尚更やってみようってば！　ご飯はいつでも食べられるんだし、これはただの食パンじゃないんだよ？　特別感出していく方が絶対楽しいって。渥美とさあちゃんはどう思う？」

「私は……」

答えに詰まった。ご飯とパンのどちらがいいかと言われても、本当にどちらでもいい。どうしても選べということなら、毎晩安らぎを与えてくれるご飯の匂いが恋しい。

璃子の言う特別感というものもぼんやりとしか摑《つか》めていない。けれど、心から楽しそうにしている璃子がこんなにフレンチトーストにこだわっているのなら、友人として賛成してあげた方がいいのかもしれない。

「僕はフレンチトーストいいと思うな」

さくらの答えを聞く前に話し始めたのは悠翔だった。悠翔は三人の顔を見ながら眼鏡《めがね》の蔓《つる》を指先で押し上げ、ゆっくりと続ける。

「朝ごはんにいつもと少し違うものを食べたら、なんとなくその日はいい一日になりそうな気がしない？　僕はそう思うんだよね。普段通りのご飯って安心感があるからいいんだけど、今回は『理想の』ってことでしょ。みんなが幸せになれる朝ごはんのことだと思うから、それが特別感って意味だと思うんだ」

末永さんが言いたいのってそういうことだよね、と悠翔は最後に付け加えた。その筋道立った説明を聞いて、さくらもようやく意味を飲み込めた。

「そういうこと。渥美わかってんじゃん！　普段じゃ味わえないからこそ、だよ！ね、絶対これがいいって。フレンチトーストに決めよ！」

思いがけない理解者が現れたと言わんばかりに璃子は目を見開き、一段と声のトーンを高めた。

「それなら私もフレンチトーストでいいよ。おいしいよね、朝食べたことはないけど」

さくらも賛成した。自分の知らない特別感を手に入れてもいいのだろうか、と考えてしまったけれど、これは調理実習だ。みんなで盛り上がるお祭りなら、取り残されて遠巻きに眺めているよりも巻き込まれてもみくちゃにされた方がきっと楽しい。

「ちぇっ、俺以外全員パンかよ。しょうがねえから俺もそれにしてやるか。今回だけだからな」

晴哉も渋々といった口調で賛同し、ようやく主食が決まった。

そのあとの話し合いで、おかずは意外なほどあっさり決まった。フレンチトーストに加えてほうれん草とベーコンのソテー、スクランブルエッグ、玉ねぎとじゃがいものスープがさくらたちのブレックファストだ。計画書に料理名を書き込んだだけで、薄いわら半紙からいい香りが立ち上ってくるかと錯覚するほど華やかだった。

「料理の分担も決めないといけないみたい。ひとり一品ずつでいいかな。みんな作りたいのある？」

「はいはい、私絶対フレンチトースト！　任せといて、ばっちり焼いてあげるから！」

「俺は炒めるだけのがいい。肉も入ってるし」

「あ、私は包丁苦手だから卵がいいな……」

悠翔の呼びかけに、メンバーが次々と応じていく。さくらもやや遅れたものの希望を口にした。悠翔には申し訳ないけれど、野菜を刻むのが難しそうなスープはできれば担当したくなかった。

「じゃあ残ってるのはスープだよね。いいよ、僕が担当する。包丁もまあ慣れてるから大丈夫」

休みの日には時々料理の手伝いをしているんだ、と悠翔は話し、三人は揃って驚きの声をあげた。

「すげえな。俺食パン焼くくらいしかできねえんだけど」

「うちは父さんが料理好きなんだ。ベーコン自分で作ってることもあるし、そういうの見て教わってるんだよね」

「ベーコンなんて家で作れるの？　ねえ渥美、それ調理実習に持ってこられない？」

「帰ったら聞いてみるよ。父さんなら喜んで作るって言いそうな気がする」

さくらはますます驚いた。父親が料理をすることも、ベーコンが家で作れることも、さくらの想像をはるかに超えた知らない世界の話だった。

「なんかすごいね……ベーコンってお店で買わないと食べられないと思ってた。私も食べてみたいな」

「俺も食いてえ！　なあそのベーコン多めに持ってこいよ、厚切りにして焼こうぜ。頼むぞ悠翔の父ちゃん」

実習計画の話から脱線した二班は自家製ベーコンの話でもちきりになった。ちょうど見回りでやってきた聡美先生に「ちゃんとやってる？」と注意され、四人は肩をすくめて雑談から計画の内容に頭を切り替える。

「それでなんだっけ、フレンチトーストが末永でソテーが俺、スクランブルエッグが室本でスープが悠翔だな。材料は作るやつが用意するんだっけ？」

「それで合ってる。調味料は持ち物少ない人に割り振ろうよ」

「賛成。んで、なにがいるんだっけ？　塩と醬油《しょうゆ》？」

「醬油なんてどこに使うの？　沢崎ほんと馬鹿だよね」

「うるせえな。間違ってたら先生がチェックしてくれるからいいんだよ。全員、作り方は当日までに調べとけよな」

顔を突き合わせての班会議は進んでいく。主食が決まるまでにかかった時間が嘘のように、持ち物分担の話はすんなり決まった。プリントに必要な項目を書き込み、四人は提出のために聡美先生の元へ向かう。

「なんかホテルの朝ごはんみたいになりそうだよね！　私おしゃれなごはん大好きだから楽しみだなあ。絶対おいしく作ろうね！」

「うん、私も楽しみ」

並んでいる間に璃子と言葉を交わして笑い合う。みんなと一緒に楽しまなくちゃいけないと思い込もうとしていたけれど、さくらはだんだん本当に調理実習の当日を心待ちにするようになっていた。

「せんせーい、二班できましたあ」

班長の晴哉が四枚のプリントをまとめて差し出す。聡美先生は計画書の上から順に目を通しながらふむふむと頷き、それぞれの持ち主に返していった。

「へえ、フレンチトーストにしたの。パンを卵の液に浸けておく時間は取れそう？」

班の全員が不意打ちを食ったようにぽかんと口を開けた。フレンチトーストに浸ける工程があることなどさくらは知らなかった。反応を見る限り、どうやら他の三人もよく知らないらしい。

「えっ、これ浸けるのに時間かかるんですか？　何分くらい？」

璃子がうろたえて訊《たず》ね返す。

「そうねえ、中には一晩かけて浸すようなレシピもあるのよ。授業時間内だけでやるなら二十分くらいかしらね。大丈夫？」

おいどうすんだよ、と晴哉が璃子を小突いた。あわあわと視線を泳がせている璃子に、悠翔が助け舟を出す。

「僕たちの班はフライパンを使う料理が三つあるので、先にソテーとスクランブルエッグを作ってから最後にフレンチトーストを焼いたら間に合うと思います。他の人がじゃがいもや玉ねぎを切ってる間に浸けておけますし」

「そ、そうです！　中まで染み込まなくても、周りにちゃんと味がついてたらフレンチトーストになるから大丈夫です！」

二人の返事を聞いた聡美先生はにこにこ笑いながら頷いた。わら半紙からではなく、窓の外から給食のいい匂いがかすかに漂ってくる。ハッシュドビーフと書かれていた今日の献立表を思い出してさくらは唾《つば》を飲み込んだ。

「わかりました、それなら時間配分に気をつけてやってね。材料だけど、卵は二つの料理に使うなら、全部で六個あれば足りるでしょう。フレンチトーストの卵液用に二個、スクランブルエッグはひとり一個ずつで四個かな。じゃがいもは中くらいのものを二個、玉ねぎは小さいもの一個でいいと思います。ほうれん草は炒めるとかさが減るから、売ってる一袋をそのまま持ってきたらいいわ」

ベーコンは、と聡美先生が言いかけると、待ってましたとばかりに晴哉が口を開いた。

「ベーコンは悠翔の父ちゃん特製のやつ！　手作りだからブロックで持ってきてもいいよな？」

「そうなの？　それなら悠翔さんがお父さんときちんと相談してきてね。ソテーに入れる分と……あとはせっかくだからスープにも入れてみたらどう？」

聡美先生の提案は魅力的だった。先生さすが！　と璃子が飛び跳ね、晴哉と悠翔が顔を見合わせて笑う。食材の活用方法を思いつきもしなかったさくらは驚きのため息を漏らすばかりだった。

一人ひとりの思いつきが引き寄せ合うように献立という形になり、一つひとつの食材もまた、他のものと手を取ることで羽を広げた姿へ変化していく。それを導く料理という仕事はもうとっくに始まっていて、いただきますと手を合わせるその瞬間まで続くのだ。そう思うと、いつになくうきうきと心が高鳴る。

オーケストラのようだ、と不意に思った。もしかすると料理っておもしろいのかもしれない、そんな気持ちがさくらの心に静かに広がり始めていた。

一週間は風のように過ぎ、待ちに待った調理実習の日がやってきた。

エプロン・三角巾・マスクの三点セットを装備した六年二組の面々は、それぞれの持ち物を手に調理室にひしめいていた。普段なら入ることさえほとんどできない部屋が二時間も貸切なのでおしゃべりは否応なしに盛り上がる。チャイムが授業の始まりを告げてもざわめきはなかなか収まらず、聡美先生の手が五拍鳴らされたところでようやくクラスの空気は授業らしいものに落ち着いた。

「はい、お待ちかねの調理実習本番です。みんな材料はちゃんと持ってきたかな？　料理を始める前に注意があるので、先生の話をよく聞いておいてください」

聞いてないと大事故が起きるからね、と聡美先生は付け加え、調理器具の使い方を説明し始めた。

説明といっても、以前に調理実習をしたときのおさらい程度のものだった。話題は火の取り扱い方になり、さくらはテーブルの備え付けコンロを見つめた。

自宅のなめらかなＩＨコンロに比べてごつごつと古めかしく、気難しい職人のように見える。火を扱うことは包丁と同じかそれ以上に勇気がいるけれど、これを使いこなさなければ卵は焼けない。さくらはガスコンロに向かって、今日はよろしくお願いします、と心の中で呟いた。

「道具の使い方は大丈夫かな。くれぐれもけがや火傷をしないように気をつけてください。それからもうひとつお話があります」

聡美先生はゆっくりと全員の顔を見渡した。

「みなさんは、料理をする上で大切なのはなんだと思いますか？　味がおいしい、手際がいい、見た目が綺麗《きれい》……どれも大切なことよね。だけど、それは全部二つの気持ちから生まれているのよ。まず忘れてはいけないのが、食べる人のために心を込めることです」

心を込める。先生の言葉がさくらの耳から頭の中を泳ぐように抜け、胸の内にゆりと触れた。

「おいしいものを食べてもらいたい。手際よく作って、温かいうちに食べてもらいたい。見るだけでおいしさが伝わる料理で喜んでもらいたい。どれも心がこもっていなければできないことです。食べる人が笑顔になれる料理を作るためには、技術だけではいけないの。どんなにおいしそうに見える料理でも、食べる人の笑顔を想像せずに作られていたらすぐにわかってしまいます。それとは逆に、少し焦がしてしまったり味付けに失敗してしまったりしても、食べる人のことを想いながら作った料理には心が宿ります。それは出来栄えの問題ではなくて、もっと深い部分で感じられるもの……そうね、愛情と言えるかな」

「でも先生、俺の母ちゃん時々すげえ味の薄い味噌汁とか焦げたトンカツとか出すけど、あれうまくねえよ。心がこもってたらほんとにうまくなるもんなの?」

晴哉が手を挙げて質問する。聡美先生は口元を少しだけ緩めると、質問に答える。

「そうね、心がこもっていればなんでもおいしい、とは言いきれません。技術の部分で少し失敗してしまうことは誰にでもあること。先生も家で失敗して文句言われちゃうときもあります。でも失敗しちゃったら、次はもっとうまく作るぞ！　って気持ちになります。それはどうしてかというと、やっぱり食べてくれる人に喜んでもらいたいからです」

聡美先生は一度話すのをやめた。

さくらの心にぽつりぽつりと降り注いだ先生の言葉は、水たまりを打つ雨粒のようにいくつもの波紋を生み広げていく。そうしてだんだん泣きたい気持ちでいっぱいになった。

笑顔よりも成績の話を大事にされる食卓。

手作りではない出来合いのおかず。

いつも同じ味しかしない、失敗も成功もない料理。

自分が毎晩食べている料理には心が宿っていないのだと突きつけられたような気がした。認めたくないけれど、先生の言葉に心がじわじわと締め付けられ、小さくうなだれることしかできなかった。

（どうして……）

暗い感情がさくらの中で荒れ狂う。今すぐ椅子を蹴って調理室を出て行きたい。

「たとえばね、」

聡美先生が再び口を開いた。さくらは顔を上げ、強い視線を先生に投げつけた。

「理科は得意だけれど国語が苦手だったり、工作は得意だけれど鉄棒が苦手だったり……みんなも得意不得意がありますよね。それと同じで、料理が苦手な人もいます。どんなに頑張ってもなかなか技術が上達しない、それを恥ずかしいと感じる人もいます。それでも諦めないでやってみるのが大事だと先生は思うの。自分の頑張りが、人を笑顔にしていく。その笑顔で、また頑張ろうと思える。そんな『誰かのために』というチャレンジ精神、これがもうひとつの大切なことです」

目をそらしたくなかった。険しい顔のまま、聡美先生の目をしっかり見据える。目が合った先生は、わずかに首を傾《かし》げながら話を続けた。

「得意なら、もっともっとうまくなるためにチャレンジする。苦手なら、今より少しでもうまくなるためにチャレンジする。やったことがない人は、まず始めるというチャレンジをする。もちろん自分のためにでもいいけれど、他の誰かのためであればそのパワーはもっと大きくなるんじゃないかしら。もっともこれは料理だけじゃなく、どんなことにも言えますね。でも今日は調理実習なので、みんなには料理でチャレンジしてもらいたいです。どの班も、少し難しい料理を作ることに決めてくれたよね。

できるかどうかわからないからやらないんじゃなく、やってみよう！　という気持ちを大事にしてほしい。なので、みんながまずチャレンジの第一歩を踏み出せたことに拍手を送りたいです」

　聡美先生が両手を叩くとためらいがちな拍手がちらほらと起こり、やがて輪のように広がって大きな渦となった。さくらも思わずつられて手を鳴らした。毒気を抜かれてしまい、それと一緒に力まで抜けて目線を作業台に落とす。

「心を込めることと、チャレンジすること。この二つを頭の隅に置いて、今日は楽しみながら料理をしてください。それから、けがや火傷をしないための注意も忘れずに。食べたら班の中でお互いに感想を出し合って、仲間の良かったところを教えてあげてね。さて、ずいぶんお待たせしちゃったけど、これでお話は終わりです！　それぞれ料理を始めてください」

　ガタガタと椅子の鳴る音が響き、わずかに遅れて話し声がざわざわとわき上がった。両腕を思いきり上に伸ばした璃子がさくらの元へとのんびり歩み寄ってくる。

「はあー、先生の話っていつも長いんだから。さあちゃんも珍しくこわい顔してたし、そう思ってたよねえ？」

「え？　そんな顔してた……？」

「うん、なんか先生のことずっとにらんでるみたいだったからさ」

　窓から差し込む陽が雲にさえぎられ、空気が冷えたような気がした。見られていたとは思わなかった。

「そんなことないよ、大丈夫。ほんとになんでもないから。ちょっと真面目に話を聞きすぎてたのかも」

「そう？　それならいっか！　よーし、それじゃクッキングタイムスタートだね！」

　あっさりと話を切り上げた璃子の目にはもうフレンチトーストの材料しか映っていないようだった。ほっとしたさくらの背筋に、つぅと冷たいものが流れ落ちる。

　なんとか取り繕ったけれど、これからは少し気をつけなくてはいけなかった。また顔に出たら気づかれてしまうかもしれない。

　心にかかる薄暗い霧は晴れずにいたけれど、料理の準備にとりかかった。卵を取り出して璃子に二個手渡す。

「ありがと！　これがないと始まらないよねえ」

　腕まくりをした璃子は卵と牛乳と砂糖を次々にボウルに入れ、しゃかしゃかとリズミカルに泡立て器で混ぜた。勢いがつきすぎて少し零れたがお構いなしだ。淡い春の色合いがボウルの中で広がり、どこか甘い香りも感じられる。こんな香りに包まれて目覚めることができたら、それは確かに幸せと呼んでいいだろう。

「室本さん、僕も晴哉くんもまず材料切らなきゃいけないから、先にフライパン使ってくれる？」

「あっそうか、わかった。ごめんね」

悠翔に言われ、急いで四個の卵をボウルに割り入れた。いくつか入ってしまった殻を取り除き、塩コショウを三回振りかける。

卵を菜箸で溶きほぐそうとしたものの、なかなか黄身は割れなかった。勢いをつけて混ぜてもつるつると箸の隙間を逃げていく。箸先でつついて黄身を捕まえ、揺さぶりながら混ぜるとようやく黄身は溶けて広がった。しばらく卵を相手に格闘を続け、ようやく白身と黄身がほぼ均一に混ざりあった溶き卵を作ることに成功した。

ふうっ、と息をついて額を手の甲で拭《ぬぐ》う。実際に汗をかいたわけではなかったけれど、気持ちはすっかり汗だくだ。ここまではまだ準備の段階で、本番はこれからだと思うと自信がなくなってくる。けれどももたもたしていたら晴哉と璃子がフライパンを使えない。やるしかない、と覚悟を決めてガスコンロの元栓をひねった。

フライパンにバターを乗せ、コンロのつまみを押し込みながら左へ回す。カチカチカチ、と乾いた音が鳴り、次の瞬間フライパンの下で控えめな爆発が起こった。フライパンを持ち上げてこわごわ覗き見ると、青と赤の炎が手をつないで輪になっている。

キャンプファイヤーのようだ。そのわくわく感と同時に、ごうごうと鳴る火の勢いに不安を覚える。点火のときにつまみを回せるだけ回してしまったから、火力は一番強い状態になっているのだろう。半分ほどつまみを戻して火を弱め、フライパンをそっと置く。

溶けていくバターを見つめながら、実習を始める前に聞いた聡美先生の話をぼんやり思い出してみた。

料理が苦手で、うまくできないことを恥ずかしいと思う人もいる――考えたこともなかった。身近に料理をする人があまりいなかったから、得意不得意があるなんて想像すらしなかった。けれど、年に数度訪ねる祖父母の家では祖母が作ったごはんを食べていたし、どれもおいしかった。きっと祖母は料理が得意なのだろう。

料理に心を込めるのが愛情になるのだと聡美先生は言ったけれど、愛情は料理だけで決まるものではないはずだ。そう自分に言い聞かせる。母からも父からも大事にされているし、冷たくされているだなんて思えない。勉強のことでは厳しい言葉ももらうけれど、それは自分を応援してくれているからなのだともわかっている。

（でもやっぱり、みんなの家ではお母さんがごはんを作ってくれるものなのかな）

聡美先生は自分で家族に料理を作っていると話していた。晴哉の母は失敗もするけれどいつもごはんを作ってくれているようだった。悠翔のところは父親も料理をすると言っていた。

（私は……）

さくらは夢の中でハムエッグを作ってくれた人を思い出そうとした。けれど輪郭がぼやけたシルエットにしかならない。顔かたちもはっきりとはせず、母の顔を当てはめようとしてみてもうまくいかなかった。

（やっぱり、あの人がお母さんだったらいいのに）

思い出すのを諦めて、少しがっかりしながら視線をフライパンに定める。バターはすっかり沸騰してぶくぶくと泡を吹いていた。急いでフライパンを傾け、一面に広げる。熱で弾《はじ》けたバターの香りが強く放たれ、思わずごくりと唾を飲み込んだ。ベーコンを切っていた晴哉が「うまそう！」と声を上げる。

冷たい溶き卵を熱々のフライパンに流し込むと、卵は大きな音を立てながらいびつな黄色い円を描いた。ふちは花が咲いたように鮮やかに膨れ、さっそく固まり始めている。全体がひらべったく固まる前によく混ぜなければいけなかったはずだ。

さくらは手に取った木べらでぐるぐるとかき回した。ふちも中心もまんべんなく、全てが混ざり合ってほぐれていくようなイメージで、丁寧に手を動かし続けた。

「俺もう材料全部切れたんだけどさ、室本まだかかる？」

唐突に、晴哉に声をかけられる。順番がつかえているなら待たせたくなかった。少し焦って「もう終わる」と返事をし、木べらでざかざかと卵を混ぜて火を止めた。

できあがったスクランブルエッグを盛ろうとして、皿を出していないのに気づいた。さっき洗ったあと、重ねておいたままの大皿を四枚、作業台の上に急いで並べていく。プラスチックの皿同士がぶつかり合い、コツコツと軽い音を立てた。

四等分にした卵をすくい、落とさないようにそっと取り分ける。なんだか柔らかすぎて焼き加減が足りないような気もするけれど、焦げ目のほとんどない綺麗な仕上がりは上出来と言ってもいいかもしれない。

「えっすごい、おいしそう！　お店のスクランブルエッグみたい！」

食パンを卵液に浸けていた璃子が歓声を上げた。先生こっち来て、と大声で担任まで呼ばれてしまい、ほんの少し決まりの悪い思いがする。やってきた聡美先生はさくらのスクランブルエッグを見て、嬉しそうに目を丸くした。

「これは上手にできたわね！　焼き加減が絶妙だし、柔らかそうでとってもおいしそうよ。さくらさんはスクランブルエッグをよく作るの？」

「いえ、作るのは初めてです。普段料理はしないので……」

「あらそうだったの。でも初めてとは思えない出来栄えだから自信を持って。さくらさんにはきっと料理のセンスがあるのね」

あとで少しもらってもいいかしら、と言い残して聡美先生は他の班に移動していった。後ろ姿をぼんやり見送りながら、かけられた言葉を噛み砕いてようやく飲み込む。

料理のセンスがあるだなんて、まるで料理と縁のない自分が言われるとは思ってもみなかった。あまりにも実感が薄く、褒められた喜びよりもまさかという驚きが先に立つ。けれどその言葉はゆっくりと胸に染み入って温かく広がっていった。

「なあ、そろそろフライパン洗ってくれる？　混ざってもいいならこのまま使うけど」

背中を指先で小突かれる感触がして振り返ると、待ちくたびれた様子の晴哉が作業の進行を催促してきた。ごめん、と反射的に声を上げ、スポンジを手に取り蛇口をひねる。水は最初だけぬるく、それからすぐに透き通るような冷たさになった。

調理室の作業台は広げられていた調理器具や食材がすっかり片付けられ、人数分の食事が並ぶ食卓へと様変わりしていた。色とりどりのナプキンの上に茶碗や皿などの器が置かれ、白く塗られただけの簡素な机もこのときばかりは華やいで見える。

さくらは前日に厳選した薄桃色のランチクロスを敷いていた。三種類の料理が一緒に乗せられた大皿とお椀をじっと見下ろす。これが自分たちで作り上げた『理想の朝ごはん』なのだと思うと、達成感が静かにわき上がってくるようだった。

「全員席に着きましたね。それでは、いただきます」

「いただきます！」

聡美先生の挨拶に続いてクラス全員が声を揃える。さくらが箸を取った次の瞬間、

「だめだめ！」

突風を思わせる勢いの璃子に制止された。その手には給食で使うカトラリーケースが握られている。

「さあちゃん、洋食なんだからここは絶対フォークでしょ！　ほら、せっかく持ってきてるんだから、ね？　本格的なブレックファストはお箸で食べないよ！」

「あっ、そうか……そうだよね。いつもの癖でお箸持っちゃった」

璃子の勢いに押されながら、さくらもフォークに持ち替えた。確かにフォークが放つ銀のきらめきは、童話に出てくる西洋の城やお屋敷にぴったりのイメージだ。こういう細かい部分へのこだわりが大切なのかも、とさくらはひとりで納得する。

「なにが本格的だよ。末永、フレンチトーストの作り方ちっとも知らなかったじゃねえか。見てみろこのパン、ペラッペラだぜ」

　ベーコンばかりを集めてフォークで突き刺しながら、晴哉がしかめっ面《つら》をした。それに対して、フレンチトーストを切り分けていた璃子がふくれっ面で返す。

「だって時間ないから押さえないと間に合わないと思ったんだもん。ちょっとぐらい薄くなってもちゃんと中まで染みてる方がよくない？」

「だからそれのどこが本格的なんだっつの。フレンチトーストってのはみんなこんなに潰れてるもんなのか？　これで中まで染みてなかったら最悪だからな」

　あ、ベーコンうめえ。と晴哉は表情を緩める。ますます口を尖《とが》らせた璃子は、フレンチトーストを口に放り込むや否や勝ち誇った表情であごを突き出した。

「ほらっ、ちゃんと中まで染みてましたあ！　めっちゃおいしいんだけど！　ねえ冷める前に食べてよこれ！」

　璃子がきゃあきゃあと歓声を上げる。さくらの隣では、眼鏡を外した悠翔が黙ったままで器を口に付けてスープを飲んでいた。それぞれが自分の担当した料理から食べ始める中で、さくらもスクランブルエッグの味を最初に確かめることにした。

「あ、おいしいかも……」

真っ先に浮かんだ感想はその一言だった。思っていたよりもきちんとした料理になっている。自分で作ったとは思えない仕上がりだった。

卵とバターがひとつになったその味はぜいたくで柔らかで、まるで息がぴったり合ったピアノの連弾を思わせた。軽やかな卵とまろやかなバターがあたたかいメロディーを響かせ、二つの味は舌の上で躍りながら鼻の奥まで走り抜ける。頭の中一面に黄色いイメージが広がり、噛むごとにたくさんの波となって打ち寄せた。

塩コショウの味もしっかりついている。熱されてゆるくまとまった部分にはとろける卵液がしっとりと絡まっていて、口当たりの優しさはどこかシュークリームのようだった。

なんだかあったかい、と思いながら首をひねる。時間がたって冷めてきているのに、どこか温もりを感じられるのが不思議だった。心を込められたかはわからないけれど、料理へのチャレンジには成功したのかもしれない。

次はなにを食べようか、と皿に目をやり、フレンチトーストを選んだ。耳を落として対角線で切られた食パンは薄いクリーム色の卵液をまとい、きつね色の焼き目でおしゃれをしている。焼いてバターを塗る食パンならさくらも時々食べていて、充分おいしいと思っている。それがさらに甘くとろける魔法のお風呂に浸かってから焼かれたのなら、間違いなく夢見心地にさせてもらえそうだ。

ナイフがないのでスプーンで押さえながらフォークで力任せに押し切り、半分になったところを突き刺す。晴哉の言ったようにかなり薄くなってはいたけれど、断面を見ると中心までしっかりと黄色く染まっていた。これならやっぱり食パンを押さえつけて正解だったのかもしれない。

口に入れるとまだ温かく、ゆっくり噛むと濃いバターの香りが真っ先に駆け込んできた。それにほとんど遅れることなく、どこか懐かしい甘さが追いかけてきて一気に弾ける。

璃子の使っていた材料を思い出すと、きれいに溶け合っている味をそれぞれ思い描くことができた。前に出過ぎないようにしっかり支えている牛乳は言うなればホルンで、はっきりとわかるけれど他の味を塗り潰さない砂糖はフルート。このフレンチトーストのバターはスクランブルエッグのものとは少し違って、優雅に響くバイオリンのイメージだ。

少しだけフルートが強い気もするけれど、このバランスはさくらの好みだった。甘さがとげとげしていなくて、舌触りも心地よい。パンがもっと分厚ければ、食べごたえと噛んだときの満足感を感じられて完璧《かんぺき》だったかもしれない。

「璃子ちゃんのフレンチトーストおいしいよ。この甘さちょうどいいかも」

「でしょ？　焼き加減もうまくいったし、わりといいかんじだと思うんだよね！」

「うん、ちょっと焦げ目になってるところがすごくいい匂いしてる。これ、朝から食べたらいいことありそうだよ」

えへへ、と頬をかいて照れ笑いしている璃子に微笑み返し、次はどちらを食べようかと見比べる。少し考えて、まだ湯気の立っているスープの器を手に取った。

スプーンで軽くかき混ぜると、小さめに刻まれた三種類の具が竜巻の中でぐるりと躍った。そっとすくって口をつけると、コンソメの香りがシャワーのように降り注ぐ。歯で挟んだじゃがいもはそれだけでほろりと崩れ、舌の上でころころと溶けた。透き通った玉ねぎは目ではなかなか見つけられず、スプーンで捕まえ舌で確かめてから噛むとじわりと甘くほどけていく。この甘さをどこかで味わったことがあるような気がしたけれどはっきりとは思い出せなかった。

サイコロ状のベーコンは、さくらがよく知っている薄いピンクのベーコンとはまるで別物だった。テカテカとした輝きはなく自然な肉の色をしていて、歯で押し潰せば焼いた肉そのままかと思うほどジューシーだった。けれど口に広がる風味は確かにいつも食べているベーコンのものと似ている。

どこが違ってどこが同じなのか、考えてみてもよくわからない。このベーコンが一体どうやって作られているのか知りたい。

「なんだかこのベーコン、いつも食べてるのと似てるようで全然違う気がする。手作りベーコンってお店で売ってるのとなにか違うの？」

「うん、着色料や保存料を使わないから素材の味に近いんだって。長持ちはしないけど作りたてで鮮度はいいし、煙で燻製《くんせい》にしてるから香りがいいんだよ」

「燻製って知ってる！　卵とかチーズでもあるよね、スモークチーズはうちのパパが好きだよ。ベーコンも燻製なんだあ、知らなかった」

燻製という技法を初めて聞くさくらも、スモークチーズと言われれば覚えがある。周りが茶色く色づいたチーズをスーパーで何度も見たことがあった。

「俺むずかしいことわかんねえけど、このベーコンが今まで食った中で一番うまいってことだけは確実に言える。厚切りで焼いて正解だったな。お前らも先生に見つかる前に食っとけよな」

晴哉がひそひそと三人に話しかける。口の中がいっぱいになっている晴哉の声は潜めるまでもなく聞き取りづらかったけれど、どうやら実習計画書には書いていない厚切りベーコンステーキを本当に焼いていたらしい。

ほうれん草で隠してある一切れの塊を見つけ、三人は晴哉と顔を見合わせてにやりと笑い合った。聡美先生が遠くにいることを確認すると、先に食べていた晴哉以外の三人は厚切りベーコンを素早く頬張る。

まだ温かい肉汁が口の中いっぱいに広がり、同時にさくらの頭の中で盛大なファンファーレが鳴り響いた。高く遠く、どこまでも届きそうな音色が身体中を駆け回り、口の中だけでなく手指の先や頭のてっぺんでまで味わっているかと思えるほどの衝撃だった。肉を噛めば噛むほど脂の味と燻製の香りが広がり、先生に見つかる前にと急いで飲み込みそうになったけれどもったいなくてぐっとこらえた。

スープを飲んだときに浮かんだのは、バランスの取れた木管アンサンブルのように安心感のある音のイメージだった。けれど同じベーコンなのに、これはなにより派手できらびやかなトランペットだ。塩コショウを振った以外はなにも添えていない、自信たっぷりのソロステージ。ただ焼いただけのベーコンがこんなに迫力のある食べ物だったなんて、全く想像すらしていなかった。

「おいしい……」

「すごい、これおいしい！」

「うん、おいしい」

すっかり「おいしい」以外の言葉が出なくなった三人の様子をうかがっていた晴哉は、顔がにやけるのを抑えきれないようだった。

「な、やべえだろ。これでお前らも共犯だからな？　絶対チクるなよ、俺たちだけの秘密にしようぜ」

窓越しの日差しがぐっと強まり、窓際にある二班の机をまぶしく照らした。たった今交わされた約束まで明るみに出てしまいそうで、秘密を共有した四人は声のトーンを落とす。

「共犯って、言い方どうなのよ。大体このベーコン持ってきたの渥美だからね？　でもほんと、おいしすぎてやばい。人に教えたくない」

「うん、なんか内緒にしちゃいたい気分。私こんな食べ方したことなかったから、びっくりしちゃった」

「うちでも料理に入れることの方が多くて、ステーキで食べることあんまりなかったけどおいしいよね。評判良かったって父さんに伝えとくね。晴哉くんもおいしく焼いてくれてありがとう」

晴哉は笑って鼻をこすり上げ、椅子をカタカタ揺らすと悠翔に向き直った。

「いいってことよ。それよりスープも味が濃くてうまかったぜ！　悠翔って包丁うまいよな。具の大きさが全部揃ってたのには正直びびった。俺、ほうれん草を切る時点で大変だったのに」

「包丁はほんとに慣れだから、誰でもできるようになるって。晴哉くんのほうれん草ソテーもおいしかったよ。炒めるとき茎から先に入れてたよね。だから葉がしなしなになってなくてよかった」

二人の会話を聞いて、ソテーを食べていなかったことを思い出した。そろそろとフォークでほうれん草をすくった。スライスと呼ぶには少し厚みのあるベーコンが、緑の小山の隙間から二枚ほど顔を覗かせている。

肉の味が強いベーコンを食べたあとだからか、それとも塩気が薄かったからか、口に入れたほうれん草は予想していたよりもあっさりとしていた。バスドラムの重い一音が来るかと思ったら、シンバルが小刻みに鳴らされた印象だ。

ベーコンも一緒に嚙んでみると、静かな森に野生の動物たちがにぎやかに集まってくる風景が思い浮かんだ。さっぱりしたほうれん草と味の濃いベーコンがぶつかってけんかするのではなく、同じ方を向いて一緒に走り抜けていくのが気持ちよかった。

「ほんとだ、ほうれん草くたくたじゃなくておいしい。ベーコンと相性いいんだね」

「けっこういけるだろ？　ほうれん草って意外とうまいんだよな。バター使ってたらきっとしつこかったと思う」

　晴哉は得意げに胸を張った。そこで初めて、ソテーに使われていたのがバターではなくサラダ油だったことに気づく。これがバターだったらどんな味になっていたのだろう、ふとそんな興味が湧いた。

「うーん、おいしいけどなんかインパクト薄いなあ。やっぱりバターで炒めた方がぐっと良くなったんじゃない？」

　隣で同じようにほうれん草を食べていた璃子は首を傾げた。

「それは末永の好みだろ。俺はこっちの方が好みだから。家でバター使いまくればいいんじゃゃねえ？　まあフレンチトーストにバターはよかったんじゃねえの、ペラペラだけど」

「まじで沢崎うざいんですけどお！　味がよかったんならぎゃーぎゃー言わないでよね、ほんっと文句ばっかりなんだから」

　お互いの料理の感想を言い合い、ぷりぷりむくれている璃子とにやにや笑っている晴哉はなんだかんだで仲が良い。二人のやりとりを見て笑いそうになるのをこらえていると、悠翔が驚いた顔で話しかけてきた。

「室本さん、このスクランブルエッグどうやって焼いたの？　さっき作ったことないって言ってたけど、ほんとに初めて？　これすごい、とろとろだし焦げ目もないし、柔らかくておいしい」

「そう、そうだよ！　前に旅行したときホテルのモーニングビュッフェでスクランブルエッグ食べたんだけど、さあちゃんが作ったのがそれとそっくりだったの。さあちゃんって実は料理の天才なんじゃない？」

さくらは赤面した。確かに初めてにしてはうまくいったかもしれない。けれどそんなにおいしかったと口々に言われると困ってしまう。作り方がたまたま教科書に載っていたから読んでおいたとはいえ、火加減も炒める時間も全く計っていない。それに本当ならもう少し長く炒めるつもりだった。

自分のスクランブルエッグに、一体なにが起きたんだろう？　さくらは褒められている理由がまるでわからなかった。

「あ、俺まだ食ってなかった。今から食うからちょっと待ってろよな」

皿を持ち上げ、スプーンで寄せたスクランブルエッグを一気にかき込んだ晴哉は、頬張った卵をじっくり確かめている。待っている間、さくらの視線は晴哉の口元とスプーンの間を繰り返し何度も行き来した。三階の窓を通り抜ける風は柔らかく透き通り、ミント色のカーテンが小さく手を振る。

そうしているうちに晴哉は、ごくん、と音がするほど勢いよく卵を飲み込んだ。不安と少しの期待を胸に様子をうかがっていると、晴哉はいきなりずいっと身を乗り出した。その顔は驚くほど真剣で、勢いに押されて思わず身をすくませる。

「なにこれ。スクランブルエッグってもっとボソボソで固い食べ物のことだと思ってたんだけど、全然違う。これめちゃくちゃうめえよ。とろっとろだし食べやすい。あとバターで焼いてるのどう考えても正解だろ。卵ってこんなにうまかったっけ？　室本まじでどうやって作ったんだ？」

思わず赤く染まった顔を押さえた。満足感と達成感で、空高く昇っていくような心地がする。けれどどうやって作ったのかと訊かれても、はっきり覚えてはいなかった。うまく作るコツなど、あるのなら自分が知りたい。

「あ、ありがとう……おいしいって言ってもらえて嬉しいよ。でも作り方はよく覚えてないの、予定より炒める時間短くて失敗したと思ってたし……」

「それが逆によかったのかなあ？　うちのママだってこんなふわとろの卵作ってくれたことないよ。やっぱりさあちゃん才能あるんだよ！」

「ああ、もしかして俺がフライパン使わせろって言ったから焼くのやめたのか？　急《せ》かしたわけじゃなかったんだけど。まあでも、どっちにしてもこの卵はうますぎ。俺これから料理できるやつ尊敬の対象にするわ」

「あのスクランブルエッグ、とろとろだけど卵がちゃんと固まってたからきっと火加減が上手なんだろうね。僕は包丁は大丈夫だけど、炒め物の火加減が苦手なんだ。だから室本さんに教えてもらいたくなったよ」

三人が口々にかけてくる言葉のどれもが、どこか遠い世界の出来事のように聞こえる。はっきりとした実感はなくても頰は自然と緩んでしまう。友達に褒められたことが嬉しくて、上手にできたことが楽しくて、まぶしい夢を見ているみたいだった。

料理は楽しい。さくらははっきりとそう感じていた。才能があると璃子は言ってくれたけれど、そんなことが本当にあるんだろうか。もしそうなら、これまで勉強しか取り柄がなかった自分にもっと自信を持てる気がする。才能がなかったとしても、何度も練習してうまくなりたい。

(これ、お母さんたちにも食べてもらいたいな)

突然、母と父の顔が浮かんだ。自分が料理を作ってみせたら、そしてできあがったものを食べてもらったら、二人はどんな顔をするだろう。すごいね、おいしいよ、と褒めてくれるだろうか。笑顔になってくれるだろうか。喜んでくれる両親の顔を想像するだけで、心がどんどん温かくなっていく。

家で料理をしたことは一度もない。でも、やってみたい。その想いが急速に膨れ上がって胸をいっぱいに満たしていた。もし家での料理を許してもらえたら、このスクランブルエッグをまた作ることだってできる。もっと難しい料理にもチャレンジできるのかもしれない。

時間はかかったとしても、頑張りを両親に見てもらい、できあがった料理を食べてもらえたら――ひょっとしたら、母も一緒に作ろうと言ってくれるかもしれない。母と並んでキッチンに立ち、ごはんを『温める』だけではなく『作る』ことができるかもしれない。

小さな想いは光になってさくらの心をほんのりと照らした。決意が芽生えた瞬間だった。

「みんなありがとう。私、もっと料理ができるようになりたいな」

料理はきっと自分の世界を広げてくれるに違いない。希望とやる気が全身を満たしていくのを感じながらさくらは強く頷いた。

Step 3 溶きほぐす

「だめよそんなの。今そんなことを始める必要がどこにあるの？」

　あっさりと、あまりにもあっさりとさくらの願いは却下された。考える素振りすら母は見せようとしなかった。うすうす予想はついていたけれど、さすがに食い下がらずにはいられないほどの一刀両断ぶりだ。

「今日の調理実習でね、スクランブルエッグが上手に焼けたって班のみんなや先生に褒められたの。やってみたら楽しくて、家でも作ってみたいなって思ったんだ。だから……」

　泉が目をわずかに細めた。楽しそうな表情とはとても言えない。調理実習の話を聞きたくないのだろうか。

「そうなの。うまくできたのはよかったじゃない。でもそれとこれとは話が別。わざわざ家でまでやる必要はないと思うけど」

取り付く島がないとはこういうことを言うのだろう。調理実習の成果についてもっと聞いてもらいたかったのに、と唇を尖らせる。黙り込むさくらと向かい合わせに座った泉は、マグカップをテーブルに置いた。コーヒーの香りと追いかけっこをするように、軽快なショパンが部屋中を駆け回るのが少し鬱陶《うっとう》しい。

「楽しかったことをもっとやってみたくなる気持ちはわかるけど、さくらには今一番大事にしなきゃいけないことがあるはずだよね？」

「うん……」

「二月一日。これはなんの日ですか」

「受験の当日です」

「受験する学校はどこで、偏差値はいくつですか」

「禮桜《れいおう》女学院中学です。偏差値は六十五です」

「今日は何月何日ですか」

「九月二十一日です」

「はい。もう受験まで四ヶ月半ありません。余計なことしてる暇は？」

「……ないと思います」

娘の答えを聞くと、泉は頷く。わかればよろしい、といった表情だった。さくらの心は落胆の色に染まった。料理くらいさせてくれたっていいじゃない、という思いでいっぱいだった。

「大体さ、調理実習って今日が初めてでもないよね。確か六月にもやってたよね？今までなんにも言わなかったじゃない。どうして今回に限ってやりたくなったの？」

ため息まじりに言われ、過去の授業のことを思い出す。六月のときは野菜炒めを作ったけれど、切る前の人参《にんじん》やピーマンなどを洗って皿を準備したことしか覚えていない。同じ班だった女子がなんでも自分でやりたがり、野菜を切るのも炒めるのもほとんどやってしまったのだった。自分が参加していない物事など覚えている方が難しい。なにもさせてもらえなかった苦い思い出だけが呼び起こされて、さくらはうんざりした。

けれど今回の調理実習は違う。楽しかったけれど、それだけではない。作るときも食べるときも料理という活動のことを考え、自分の気持ちとも向き合った。そんな経験はこれまでにないものだったのだから。

「調理実習は、前まではあんまりちゃんとできてなかった。でも、今日はいろんなこと考えられたし、だからこれから料理もできるようになりたいなって思えたの。そうしたら晩ごはんの手伝いももっとできるようになるし……」

素直に思ったままを口にする。食事の手伝いをしたいのも嘘ではなかった。けれど、本当は母と一緒に作りたいのだ、とは言えなかった。つかえた言葉が喉の奥で絡まる。

さくらの返答を聞いた泉は、その内容が気に入らなかったのか表情をあからさまに険しくさせた。

「手伝いは今まで通りでいいよ。ご飯を炊いてくれるだけで助かってるし、わざわざおかず作らなきゃいけないわけでもないでしょ」

母に向けていた視線はテーブルに落ちた。作ってほしいわけではなく自分で作りたいと言っているのだから、それくらいさせてくれてもいいのにとじれったくなる。

「それより、やっぱり私には料理を今する必要があるとは思えないよ。さくら、受験から逃げようとしてない？　この時期になって、勉強と違うことしたくなってるだけなんじゃない？」

耳を疑いたくなった。受験から逃げたがっていると思われるなんて、どうしてそうなるのだろう。さくらは唾を飲み込むと、母の目を見据えて口を開いた。

「逃げてないよ。受験勉強が嫌になったから料理でごまかそうとしてるわけじゃない。本当にやりたいと思ったから、やらせてほしいって言ったんだよ。それに……」

お母さんが料理しないのも逃げてるんじゃないの、と喉元まで出かかった。言葉をギリギリのところで抑え込む。さっきよりも大きく詰まった言葉で息が止まりそうになる。無理やりに飲み下し、小さく深呼吸した。勝手に決めつけて言葉を投げつけたら、それはもうただのけんかにしかならない。

人と揉めるのは苦手だった。ましてや毎日一緒に過ごす母親とけんかなど、とても耐えられない。家の中がピリピリした空気になるのはどうしても避けたかった。そうなるくらいなら黙っている方がずっといい。

それに――本当に受験勉強から逃げていないと胸を張れるだろうか。受験勉強をひたすら続けるだけの毎日はプレッシャーだらけで息苦しい。そんな日々に料理というスパイスが加わったら、どれほど世界が鮮やかな香りで溢れるだろうと想像したけれど、それこそが逃げだと言われたら返す言葉がない。

「ううん、なんでもない。でも、ほんとに逃げてるわけじゃないから」

言い淀《よど》んだのをごまかすように、目を伏せてそっと呟いた。泉も小さく息をつきながら宙を見上げる。張り詰めていた空気がほんの少し緩んだような気がした。

「そうよね、さくらは簡単に逃げるような子じゃないよね。疑って悪かったわ。だけどさっきも言った通り、料理は大事な受験を控えている今やるようなことじゃないと思うよ。私は賛成できない」

「うん……ほんとに、だめ？」

「だめ。あのね、さくらは受験に対する意識が甘いんじゃない？　これは勝負の世界なの。のんびりしてたら蹴落《けお》とされちゃう。みんなで仲良く合格しましょう、じゃないんだから、気がそれるようなことをしてる場合じゃないはずだよ。今は受験に集中、それが一番大事だと私は思う。さくらもずっと頑張ってきたのに、後々辛い思いをしたくないでしょ？」

ひと呼吸置いた泉が、確かめるように続ける。

「さくらが禮桜女学院に入りたいって言い出したの、四年生のときだったよね。あのとき話したこと、ちゃんと覚えてる？　さくらはどうして禮桜に入りたいんだっけ？」

「忘れてないよ。塾で見たパンフレットの中で、一番いいなと思ったのが禮桜だったの。壁がレンガの校舎もあって、学校なのに大きな並木道もあって、こんな学校に通ってみたいなって。それに……」

その先を話すのは少し気恥ずかしい心地がした。なんとなく照れながら言葉を紡《つむ》ぐ。

「それに、禮桜って学校の名前、私と同じ『さくら』が入ってるから」

それを聞いた泉の顔がどことなくほころんだように見えた。

「そうだったよね。それで頑張りたいって思って、自分から受験するって決めたんだよね。ちゃんと覚えてるなら大丈夫よ。私はさくらが決めたことをしっかり応援するから。だからこそ、今から料理を始めることを認めるのは難しいな」

母の言葉は正しかった。受験に対する意識も再確認できた。憧れている学校に入りたい想いは薄れてはいない。おろそかにするつもりはもちろんなかった。

けれど、疑問は残ったままだ。料理という活動は、そんなに負担のかかるものなのだろうか。一時間も二時間もかかるような難しい料理をするつもりはなかった。スクランブルエッグなら十五分もあればできあがる。ほんの気分転換としての料理でも構わないのだ。それなのに、母は思った以上に大袈裟《おおげさ》で頑《かたく》なだった。

今日はどこまで話しても平行線に違いない。一旦引くことにしたけれど諦めてはいなかった。勉強の合間にでも料理ができることを証明すればいいのだ。こうなったら、母との根比べだ。

さくらは手の中にあるくたびれたわら半紙に目を落とした。調理実習で使った計画書だった。二班のメンバーが書き込んでくれた料理の感想を、一つひとつ目でなぞる。
《卵がふわふわでやわらかくておいしかった。バターの味がよく出ていた。末永》
《焦げ目がついていなくて上手に焼けていた。焼き加減がちょうどよかった。渥美》
《スクランブルエッグは初めて食べたけどおいしかった。もっと食べたかった。沢崎》

書かれている三人の言葉が、大きな手のひらのようにさくらの心をやさしく包み込んだ。こうやってみんなで仲良く活動する方が自分の性格には合っている。中学受験の道を選んだのは自分だけれど、蹴落とし蹴落とされる世界の息苦しさに慣れることはないだろう。

調理室で交わした会話や料理の味は、時間がたっても冷めない魔法のように熱を帯びたままだ。『おいしい』のひと言がこんなにも心を温めるものだとは知らなかった。スクランブルエッグを味見して褒めてくれた聡美先生の言葉もゆっくりと思い返す。
〈ほんとに良くできてると思うわ。丁寧な作業をしたことがよくわかるし、気持ちがこもっていておいしいわよ。今日のことを忘れなければ、きっとこれからもいい料理が作れるわね〉

いい料理を作るスタートラインには立てた。あとは駆け出すだけのはずだ。自分が書いた感想欄も読み返してみる。きらきらした想いを乗せた小ぶりな文字からは、はね回りたいのを慎重に抑えた心持ちが滲んでいる。

《自分の作った料理をみんなにほめてもらえたのがうれしかったです。他の人たちの作った料理もおいしかったし、調理実習を通してみんなのいいところを見つけることができました。料理はこれまでほとんどしなかったけど楽しかったので、これから家でもいろいろな料理にチャレンジしていきたいと思いました。自分の料理を家族にも食べてもらえたらうれしいです。今日の調理実習は本当に楽しかったです。》

最後の一行は感想を書く欄の外にはみ出していた。書きたいことはまだまだたくさんあったけれど、もう書く場所がなかったのだ。どうやって文字数を増やして隙間を埋めようかと悩んでいた六月の調理実習が嘘みたいだった。記憶の中にある料理の匂いをよみがえらせたくて息を大きく吸い込む。この匂いを忘れることなど、きっとずっとないだろう。

「お母さん、保護者からの一言サインが必要なの。書いてくれる？」

母にプリントをしっかりと差し出す。受け取った泉は困った顔をしながらプリントに素早く目を通し、本当にたった一言「よく頑張りました」とだけ書いてテーブルにペンと紙を置いた。きちんと読んでくれたのだろうか、と少し不満が募る。

学校の行事を母はおろそかにしない。仕事が忙しくても授業参観の日には都合をつけて来てくれるし、運動会や音楽会に顔を出さなかったこともない。保護者サインのいるプリントも、いつもならもっとしっかり見てくれているし、そこから会話が生まれることだって多いのだ。それなのに、調理実習のプリントだけこんなに素っ気なく扱われているのがなんだか理不尽《りふじん》だった。頑張ってみたいという気持ちすら軽くあしらわれているかのように思えて仕方がなかった。


しんと静まり返った教室に、機械的なチャイムが鳴り響いた。授業の終わりを告げられても、生徒たちは口を開かずじっと座っている。そこにいる全員が真剣な眼差しをしていて、流れる空気はぴんと張りつめていた。

「そろそろ時間ですね。それでは今日はここまで。来週の授業はまた小テストから始めます、復習を忘れないように。みんな気をつけて帰ってね」

教壇に立つ講師の言葉で、ようやく子どもたちは動き始めた。帰り支度を済ませて早々と教室を出る者もいれば、何人かで集まって喋り始める者もいる。さくらはテキストと筆箱をしまうと、かばんから折りたたみの携帯電話を取り出して開いた。塾に通い始めた頃、連絡が取れるようにと母が持たせてくれたものだった。

携帯電話の画面にはメールのマークが表示されている。送り主は母だった。

〈仕事終わったよ。駅前にいるので塾が終わったら来てください。いつもの南口の本屋で待ってるよ。〉

母のメールは必ず語尾に絵文字が付けられている。母の話し方はいつもクールだけれど、絵文字を使うのだから本当はかわいいものが好きなのだろう。母とのメールはひそかな楽しみだった。本文の内容と関係のないクジラの絵文字を見ながら、知らず知らずのうちに頬が緩む。

〈終わったからこれから帰るよ。本屋さん行くね。〉

さくらもカエルの絵文字を付けて送り返す。カエルを選んだ理由は特になかったけれど、ふと『これから帰る』と『カエル』がかかっていると気づいて小さく吹き出した。ダジャレのようなメールを見たら、母はなんて思うだろう。静かな書店でうっかり吹き出して慌ててしまわないだろうか。その様子を想像して、いよいよ笑いが止まらなくなってしまった。

「室本さん楽しそうだね。なにかあった？」

さくらがひとりでくすくす笑っていると、授業を教えていた青柳光希《あおやぎみつき》先生が声をかけてきた。塾に入った四年生の春からずっと、さくらは光希先生が教える国語の授業を受けていた。

「ふふっ、すみません……ちょっとメールがおもしろくて。変なの送っちゃった」

さくらは送信したメールを光希先生に見せた。なになに、と覗き込んだ先生もぷっと笑い出す。

「あはは、室本さんメールだとこんな感じなの？　かわいいね、なんだかちょっと意外。でもこれセンスいいよ、和歌の掛詞《かけことば》みたい」

「掛詞？　そんなのあるんですか？」

「うんうん、同じ言葉にいくつかの意味を持たせる手法のこと。ダジャレと同じようなものなんだけどね。中学になったらちゃんと教わるから、今は頭の片隅にでも入れておくといいよ」

ひとしきり笑ったあと、さくらは光希先生に挨拶をして教室を出た。メールの文章が意外と言われたことがなんとなく気になる。まじめな性格なのは自分でもわかっているけれど、おもしろいことは言わなそうに見えているのだろうか。暗い子だと思われているのだとしたら、それはあまり嬉しくはない。

塾のエントランスを通り抜けようとしたところで、後ろから来た生徒がさくらを追い抜いていった。何気なく見ると、まっすぐな長い髪がさらりとなびくのが目に入る。

見知った顔だと気がつき、声をかけた。

「長倉《ながくら》さん、またね」

呼ばれた女子生徒はさくらに顔を向けると、ただ一言「さよなら」とだけ返して歩き去ってしまった。

長倉薫《かおる》はさくらと同じクラスで授業を受けている生徒だった。志望中学も同じ禮桜女学院で、小学校は違うものの何度か言葉を交わしたことがある。外へ出た薫は駅の方向に歩いていった。少し迷ったあと、先を歩く薫に小走りで駆け寄る。

普段なら塾の同級生に話しかけたりしない。でも、今日は光希先生に言われた『意外』な自分を少し試してみたくなった。日の沈んだ空には濃紺色のカーテンがかかっていた。

「ねえ長倉さん、帰り道こっちなの？」

「……家が駅の向こうだから」

再び声をかけられた薫は、面倒くさそうな表情を隠そうともせず答えた。あまり歓迎されていないようだ。だとしても、声をかけておいてこれだけでおしまいというわけにもいかない。意を決して、さらに話しかけてみる。

「そうなんだ。よかったら駅まで一緒に行かない？　私、本屋さんに行くんだ」

薫は小さくため息をついた。どうでもいいと言いたげだったけれど、さくらに合わせるように歩調を緩めてくれた。

「こんな時間に本屋？　もうすぐ閉まるよ」

「そこでお母さんと待ち合わせしてるの。そのあと……そのあとは、ちょっとだけ本を見てからお母さんと一緒に帰るんだ」

晩ごはんのおかずを買いに行くとは言えなかった。これまでなんとも思わなかった惣菜中心の食事が実は変わっているのかもしれないと感じて以来、食事の話はできるだけ避けたいと思っていた。

「へえ。まっすぐ家に帰ればいいのに。室本さんの学校って駅と反対方向だったんじゃないの？」

「うん……でもお母さんが帰ってくる時間と塾が終わる時間っていつも同じくらいだから。塾も駅から近いし、ちょうどいいんだ」

「そう」

沈黙が流れる。駅まではまだ少し距離があった。このままなにも言わずにいるのも気まずく、必死で会話の糸口を探る。

「そ、そういえば長倉さんは禮桜の学校見学行った……よね？　ほら、夏休みの、台風のあとですごく暑かった日」

禮桜という言葉を耳にした薫は目を見開いて顔を上げ、さくらに向き直った。その顔はほんの少し笑っている風にも見える。

「当たり前でしょ、行ったに決まってるじゃん。早起きして混んでる電車乗って、朝から夕方までずっと見学してた。時間なんて全然足りなかった、なんで一日しかやらないの？　うちのお姉ちゃんが通ってるから案内してもらったけど、禮桜女学院ってほんとに最高の学校だと思う。雰囲気は優雅だし制服もかわいいし、なにより通ってる先輩がみんなかっこいい。禮桜生って礼儀正しくて上品で、ほかの学校からも一目置かれてるんだから。私はどうしてもその一員になりたい、中等部から高等部に上がって、もちろん大学にも進む。ずっとあの学校で学んで、正真正銘の禮桜生になりたいの。室本さんもそうでしょ？」

勢いよくまくし立てていた薫は、はっとして話すのをやめた。呆気《あっけ》に取られているさくらの横を歩く薫の頬はみるみるうちに染まり、しまったと言いたげに口元が震える。涼しげな目元はわずかに潤《うる》んでいた。薫は恥ずかしさを乱暴に拭うように声のボリュームを上げた。

「ああもう、なんで室本さんにこんなこと話しちゃったんだろう？　ほんと恥ずかしい、言わなきゃよかった。ねえ今の絶対聞かなかったことにして。誰かに言ったら本気で怒るからね」

「えっ、大丈夫だよ……誰にも言わないから。でも長倉さんすごいね、ほんとに禮桜のことが好きなんだね」

さくらの返事を聞いた薫は、目を吊り上げてキッとにらみつけてきた。ひるんださくらが足を止めそうになるほどの気迫だった。

「そうだよ。好きじゃなかったらここまで頑張れない。私は禮桜がほんとに好きだし、禮桜に合格することが一番大事なの。そのためなら毎日勉強漬けでも我慢するし、他のことなんてできなくていい。本気ってそういうことでしょ？　室本さんは違うの？」

「私は……私も禮桜に受かりたい。だから頑張ってるよ、あの学校は私も素敵だと思ってるし毎日通えたらいいなって」

なんだか薄っぺらいな、と思った。さくらも禮桜女学院の校風や雰囲気に魅力を感じたから受験勉強に励んでいる。けれど学校そのものに強く憧れ、さらにずっと先のことにまで思いを馳せている薫に比べると、自分の熱意はぬるくて弱いものに思えてしまう。自分は薫ほど想いを語れない。

「そうだよね。みんな本気になるのが当たり前だよ。受験で人生決まるんだから、絶対失敗したくない。夢は絶対叶《かな》えたいの。だから私は負けない」

薫の本気が手に取るように伝わってくる。受験と料理に同時に取り組むなんて本当にできるのか、自信がぐらつきそうになったけれどしっかり支え直そうと口を開いた。

「うん。私も頑張る。同じ学校受けるからライバルだけど、長倉さんとは一緒に合格したいな」

「……室本さん、マイペースだしわりと変わってるよね。敵同士なのに一緒に受かりたいなんてふつう言わないでしょ。調子狂うな、もっと引っ込み思案だと思ってたから意外」

再び言われた『意外』という言葉を飲み込む。なぜか今度は抵抗なく受け入れることができた。こうも立て続けに言われると、自分が思う自分の姿と周りからの印象は違うのかも、と思わざるを得ない。そこに驚きは少しあるけれど、新しい自分を見つけてもらえた気がしてくすぐったくもあった。

「私も、長倉さんがこんなに喋るとは思ってなかったよ。いつもクールでかっこいい雰囲気だから、ちょっとこわいとこあるのかもって思ってたし」

「それなのにわざわざ声かけてきたの？　やっぱり変わってる。私って塾で友達作るつもりないから、こういうのほんとは困るんだけど」

「そうだったの？　友達……なれないかな、私とも」

薫の顔を小さく覗き見る。塾ではいつもツンと澄ましている薫の表情は、言葉を交わすうちに確かに柔らかいものに変わっていた。

「室本さんは敵だしライバル。でも……もし二人とも合格して禮桜生になったら、そのときは仲良くなってあげてもいいけど」

街灯が二人の顔を照らし、遠く伸びた二つの影がわずかに重なった。ほっと息をつき、笑顔を薫に向ける。

「じゃあ、お互い頑張って中学で友達になろうね」

「そうだね。まあ私は絶対に合格するから、室本さんの方が落ちないようにね」

薫の口調は再びつっけんどんなものへと戻り、その顔もいつも通りに引き締まっていた。南口はもう目の前だった。さくらは薫と別れ、書店へと早足で向かった。

蹴落とし合わなくても一緒に頑張ればきっとうまくいく。そう信じたかった。薫の強い熱意に触れ、自分の心も熱くなっているのを感じる。

自分の本気とは受験と料理をどちらも成功させることだ。その決意を確かめながら、急ぎ足で母の元へと向かった。

金曜の夜の新幹線改札口は、縁日の参道かと思うほどごった返していた。

早足で行き交う人の波に呑《の》まれないよう、さくらと泉は大きな柱を背にして立つ。柱には身長より高い位置まで広告が設置され、いかにも高級そうなホテルディナーの写真が貼り出されていた。

改札の向こう側にある階段を降りてくるはずの父の姿を探し、知らず知らずのうちに背伸びをした。似通ったスーツ姿の人物を視線で素早くより分ける。仕事かばんといくつかの紙袋を提げた父・隆之《たかゆき》の姿をようやく見つけると、さくらは満面の笑みで大きく手を振った。

「お父さん、おかえりなさい！」

「おう、ただいま。元気でやってたか？　母さんもお疲れさま。二人とも、出迎えありがとうな」

「どういたしまして。さ、早いとこごはん食べに行きましょうよ。みんなお腹空いてるでしょ」

親子三人は連れ立って歩き出す。ひと月ぶりに父の顔を見て安心したさくらの頬は緩みっぱなしだった。家族全員が揃って一緒に過ごせるわずかな時間を一秒でも長く楽しみたい。自然と足取りは弾んだ。

泉が予約していたしゃぶしゃぶ店に入ると、三方を黒塗りの木壁で仕切られたテーブル席に通された。通路側のすだれが下ろされるとほぼ完全な個室になる。和楽器でアレンジされた流行《はや》りの曲が流れる空間は落ち着いた灯《あか》りに照らされていた。

「さて、この袋の中身はなんでしょうか？」

隆之がテーブルの上に卵色の紙袋を置いた。

外国の絵本風にデザインされた深緑の木々が袋の下部にぐるりと立ち並び、そこから見上げた位置に青白い光を放ったひとつ星が大きく描かれていた。星のすぐそばには、クレヨンタッチの群青色の文字で『ｓｐｉｃａ』と記されている。それを見たさくらは、春の一等星より明るく顔を輝かせた。

「スピカ！　お父さん、本当に買ってきてくれたの？」

「なんとか買えたぞ。早起きして列に並んだんだからな、じっくり味わってくれよ」

「ありがとう！　これ、今日食べてもいい？」

「そのために買ってきたんだ、好きなだけ食べればいいさ」

ありがとう、ともう一度感謝を伝えた。父は自分に甘いのではないか、と時々思うことがあるけれど、今日の父も決して厳しくはなかった。もしかすると、今ならもうひとつくらいわがままを受け入れてもらえるかもしれない。この機を逃すわけにはいかなかった。

「じゃあ帰ったらいただきます！　それからね、お父さんにもうひとつお願いがあるんだ」

笑顔を崩さず、普段より少し明るい声を放つ。鼓動が速まって手もじんわりと汗ばんだのが両親にばれないように振る舞った。

「言ってみな。他にも買ってほしいものがあるのか？」

「ううん、欲しいものじゃないの。あのね、私これから自分で料理をしてみたいんだ」

さくらはここ半月での経験を父に話した。調理実習をしたこと。仲間や先生に褒められたこと。塾の級友とお互いの目標について語り合ったこと。そして料理は勉強から目をそらしたくて作った逃げ道などではなく、自分にとって必要なチャレンジなのだとはっきり告げた。

「受験勉強は今まで以上にしっかりやるし、成績を落とすようなことはしないよ。料理もできるだけ練習して、少しでもうまくなりたい。受験勉強と料理を一緒に頑張るのは、私にとって大事なチャレンジだと思うの」

声が少し上ずった。父は両肘をつき、組んだ手の上にあごを乗せて黙っていた。母は隣で呆《あき》れたような顔をしている。さくらの心臓は胸を飛び出して走り去ってしまいそうなほど高鳴っていた。

ちょうど肉と野菜が運ばれてきて、会話の続きは信号待ちの状態になる。早くテーブルを離れてほしくて、さくらは店員にじれた視線を飛ばした。

「さくらはまたそんなこと言ってるけど、私は反対よ。わざわざ今このタイミングですることじゃないって、この間も言ったはずだよね？　どうしてそんなに粘るのよ」

すだれが下ろされた途端、泉が怒ったように口を開いた。店員がいなくなるのを今か今かと待っていたのは母も同じだったらしい。母の視線には苛立《いらだ》ちのほかに、困惑と動揺も込められている気がする。どうしても料理をさせたくない、とでも言いたげな強い圧力を感じて、さくらは思わず両手を握りしめた。

やっぱりだめだろうか。母がだめなら父に頼るしかないのだ。縋《すが》る思いで父の言葉を待つさくらの耳に、テーブルに置かれた鍋の中からぐつぐつと出汁《だし》の煮える音ばかりが聞こえてくる。

「さくらは本当に受験をやり遂げて、料理もうまくなるための努力ができるか？」

問われて、正面に座る父をまっすぐに見つめながら頷いた。偽りのない心を見せつけたかった。隆之はさくらの目をじっと見返して、再び話し始めた。

「お父さんは賛成してもいいぞ。ただし、やるなら条件をつけようとは思ってる。お母さんの言うように、受験を控えた大事な時期だからな。成績が落ちるようなことがあったらすぐにやめること。難しいと思うが、さくらはやれるか？」

「やれる。ううん、やるよ。学校でも塾でも成績は絶対に落とさないし、禮桜には合格してみせる。料理だって、恥ずかしくないようなものをちゃんと作れるようになる。だから、やってみてもいいですか？」

さくらの返事を聞いた隆之は頷き、今度は泉の顔を見た。

「母さん、俺はさくらを信じてみようと思うよ。この子は思いつきやおもしろ半分で言ってるんじゃない、きちんと自分で考えた上でそう決めたことがよくわかった。もう小さな子どもじゃないし、意思を尊重してやるのも大事じゃないか」

「そうは言ってもねえ……あなた、本当にさくらに甘いよね。今のさくらなら充分合格圏内だけど、余計なことをしてたらどうなるかわからないんだよ？　受験で人生が決まる部分だってあるのに、料理なんかわざわざ今やらなくたっていいじゃない」

受験で人生が決まる。薫も同じことを言っていたのを思い出した。確かに合格できなければその学校に通うことはできない。進学先も、そこでの出会いも変わる。さくらもそれは理解していた。

（でも……）

母に逆らいたいわけではなかったけれど、自分の中に生まれた想いを曲げたくない。息を吸い込んではっきりと言葉を伝える。

「なにもしなかったら、なにも変わらないと思うの。料理は真剣に頑張るけど、受験が第一なのは変わらないよ。お父さんとお母さんには、私がきちんとできるようになるところを見ていてほしいの。私だって、料理くらいやればできるはずでしょ？」

泉の顔色が変わるところをさくらは見た。まずいことを言ってしまったのかもしれない。困ったさくらは視線を左右に動かした。

張り詰めた沈黙が流れる。目に冷たい光をたたえて口を開こうとする泉を、隆之はゆっくりと制した。そして穏やかに話し始める。

「料理なんか、っていうのは母さん個人の価値観じゃないかな。さくらにとっては、料理は受験と両立させるだけの価値があるものなんじゃないか？　さくらがここまで自分の希望を主張するのも珍しいし、よっぽどやりたい理由があるんだろ。なあ母さん、手放しで好きにやらせるわけじゃない、条件を付けるんだから取り返しのつかない失策にはならないさ。自由と責任について身をもって学ぶ機会でもあるんだ、やらせてやろうじゃないか」

しばらくさくらを見据えていた泉は、隆之の言葉が終わると同時にふうっと息を吐きながら、背もたれに寄りかかって宙を仰いだ。母が顔を上に向けて息をつくのは、気持ちに整理をつけようとするときの癖だ。それに気づいたのはごく最近のことだった。

「お父さんがこう言い出したらもう決まったようなものよね。わかったわよ、そこまで言うなら料理やってみたら？　でも成績が落ちたら、その先はやらせるわけにいかないからね。そこは忘れないでちょうだい」

「よし、これで決まりだな。頑張れよさくら、何事も両立するのは大変だぞ。さあて、飯だ飯だ。早くしないと出汁が煮詰まって鍋が焦げるぞ」

さくらが礼を言うより先に、父がしゃぶしゃぶの肉をまとめて鍋に放り込んだ。野菜が入らないじゃない、と母が文句をぶつける。湯気がふわふわと漂っているだけだったテーブルの上は瞬く間に活気づき、湯にくぐらせた肉の匂いが天井まで満ちた。

思いきり走った後のような激しい鼓動は、張りつめた緊張感から解放されて穏やかな波へと変わっていった。願いを聞き入れてもらえたこと、意思を認めてもらえたことでさくらの心には小さな自信が芽生えていた。

「お父さん、お母さん、ありがとう。私、受験も料理もほんとに頑張るから。私が作るごはん、いつかお父さんとお母さんに食べてもらいたいな」

「お父さんもさくらの料理食べてみたいよ。せっかくだし、この週末の間になにか作ってくれないか？　好き嫌いはないからなんでも食べるぞ。いやあ、楽しみ楽しみ」

突然降りかかった決定事項にきょとんとした。あまりにも急な話で、作れそうな献立などまるで思いつかない。それに、練習もろくにしていないのにいきなり食べてもらうだなんて、心の準備ができていない。それでも、こんなに早く自分の料理を食べたいと言ってもらえたことが嬉しい。喜びで、緊張とは違う胸の高鳴りを感じる。

どんな料理なら作れそうかと考えながら、出汁の中でひらひら泳ぐ肉をすくってぽん酢につけた。口に運ぶとぽん酢のさっぱりとした味わいが広がり、やわらかい肉を噛むと肉汁がじわりと口の中を満たす。牛肉の濃い香りが鼻から頭の奥まで貫くように響き、大きく鳴らされたシンバルを思わせる圧倒的な味の力がさくらから思考力を奪っていった。

家で作る料理のことは後で考えればいい。今は目の前のしゃぶしゃぶに集中することにした。なんだかいつもよりたくさん食べられそうな気がする。料理がおいしく感じられる理由は店の雰囲気でも肉の質でもなく、父と母と一緒だからに違いないとさくらは信じていた。

翌日の夕方、自宅のキッチンには普段なら見られないような光景が広がっていた。しまいっぱなしだった雪平鍋《ゆきひらなべ》がコンロに出され、カウンターの照明を鈍く反射している。厚みのある白いまな板には小ぶりな人参とえのき茸《だけ》の袋が置かれ、柄から刃先まで同じ銀色の金属でできた包丁が添えてあった。隣の作業スペースには乾燥わかめと液体味噌が並んでいる。

家庭科の教科書を参考にしながら両親と相談し――ほとんど父としか話してはいないけれど――初めて披露する料理は味噌汁に決まった。材料は全て、数十分前に家族で出向いたスーパーで買い揃えたものだ。五年生のミシン実習で作ったお手製のエプロンを着けて深呼吸し、まな板を見下ろしながら「よろしくお願いします」と呟いた。

ふと、テーブルに肘をついている母がカウンター越しに目に入った。泉はやることがなく暇を持て余しているようだった。もし味噌汁作りを手伝ってほしいと頼んだら、母は一緒にキッチンに立ってくれるだろうか。わずかな期待が胸の内を駆ける。

「お母さん、ちょっと手伝ってほしいんだけど、いいかな？」

声をかけられた泉はぎょっとした表情でさくらに目をやった。数秒間の静けさのあとで、泉は視線だけを天井に向け、見ていなければわからないほど小さなため息をついて立ち上がった。文字通り、重い腰を上げる、といった様子だった。

「私はなにをしたらいいの？　さくらの料理なんだから、包丁も鍋もさくらがやらなきゃ意味がないよね。私がやることなんてあんまりないいんじゃない？」

用がないなら戻りたい、と言わんばかりの口調だった。慌てて引きとめようと言葉を紡ぐ。もたもたしていたら本当に帰ってしまいそうだった。

「えっと、私お味噌汁作るの初めてだから、いろいろ手順とかわからなくなっちゃうかもしれないし……それにコンロを使うから、ひとりだとちょっと怖くて」

「……ＩＨなんだし、そんなに危なくないでしょ。まあ、洗い物とかはやってあげるよ。けがしないように頑張りなさい」

母はとりあえずここにいてくれるらしい。さくらは内心でほっと息を吐いた。

気を取り直して、包丁の柄を握る。まずは人参から切っていくことにした。えのき茸をまな板から除《よ》け、ピーラーで皮をむいた人参を横にして置くと両端をそろそろと切り落とす。次はちょうど真ん中あたりで切り、長さを半分にする。向きを変えて立てた人参が再び半分になるように包丁を入れると、半円形の柱が小さく並んだ。それをもう一度横たえて、一ミリ幅の薄さを目指して慎重に切っていく。やがてまな板の右半分に、少しずつ径の違う朱色の半月がいくつも積み重なった。

人参を切り終わり、続いてえのき茸を袋から出した。石突きを大胆に取り除き、残った部分を三等分に切り揃える。多少の差はあるけれど、だいたい同じ長さで切り終えることができていた。

「あれ？　お湯の用意してなかった」

具材を煮ようとして覗いた鍋は空だった。すっかり忘れてしまっていた。慌ただしく雪平鍋の半分まで水を入れ、鍋を設置したＩＨコンロの火力を一気に最大まで上げた。手際の悪さを注意されるかと思い、ちらりと母を見る。けれど泉は使い終わった包丁とまな板を入念に洗っていて、さくらの様子をまるで見ていなかった。安心と同時に、寂しさが吹き抜ける。

出しておいたおたまと菜箸をいじりながら、熱を帯びていく鍋の中を眺めていた。水が少しずつ湯に変化していく様子を見るのは意外なほどに飽きなかった。隣に立つ母も鍋の湯を見つめているのだろうか。なにもせず、なにも話さないままでいる時間の居心地は決してよいものではなかった。けれど、母が隣にいてくれることで心がじんわりとほころんできているのも確かだった。

やがて湯がぐらぐらと煮えたったのを見て、待ってましたとばかりに人参とえのき茸を鍋に移した。形の違う赤と白が湯の中で舞い上がるように躍った。

「どうだ、うまくいってるか？」

カウンターの向こうから顔を覗かせた父に、にっこり笑って返事をする。

「うん、なんとかできそうだよ。ちょうど具を入れたとこ」

自分でも思ってもみなかったほど明るい声が出た。楽しみにしてくれている人のために料理をする喜びが心に湧き上がってくる。おいしい味噌汁を作らなくては、とさくらは意気込みを新たにした。

人参を一切れ取って味見すると、しっかり火が通っているようだった。さくらは火を止め、買ってきた液体味噌の分量を見て大体の量をおたまに出した。味噌はさらさらと溶け、透明な湯はあっという間にベージュ色に染まった。最後の具がまだ残っている。さくらは乾燥わかめの封を切って手を差し入れた。わかめのひとひらが思ったより小さい。これなら、とたっぷりひと握り分摑み、そのまま鍋に落とそうとした。

「わかめはちょっとでいいよ。そんなに入れないで」

尖った声がさくらの耳に駆け込んできた。突然のことに驚き、思わず手を止めてわかめを握りしめてしまう。振り返った先で母と目が合った。泉は少し気まずそうな表情を浮かべながら目をそらし、ぼそぼそと続けた。

「わかめは増えるから、ほんとにちょっとで充分なの。あんまり入れなくていいよ」

「そうだったんだ……ありがとう」

母の言葉に従って、手の中のわかめを半分袋に戻す。声色は少し怖かったけれど、母が失敗しないようにアドバイスをくれたことは素直に嬉しかった。鍋に落としたわかめは、確かにびっくりするほど大きくひらめいていた。入れすぎていたらとんでもないことになっていただろう、と冷や汗をかく。

味噌汁をよそう段になって、椀を出していなかったことに気がついた。調理実習のときもそうだったけれど、どうしてなのか食器を出し忘れてしまう。食器棚を開けようとしたとき、泉に声をかけられた。

「お椀なら出しておいたから。拭いておいたし、これを使って」

調理台の上に、大小の塗り椀が三つ並んでいた。

「お母さんが出してくれたんだ。ありがとう」

「他にやることもなかったから。お礼を言われるほどでもないよ」

母の返事は素っ気ないものだった。さくらはなにも言わず、味噌汁をおたまで注《つ》いだ。

卓上には夕食の準備が整えられていた。炊いておいたご飯とスーパーで買った惣菜が並ぶ中に、さくらが作った味噌汁の椀もある。

できあがった味噌汁をまじまじと覗き込む。三つの具がバランスよく入れられた味噌汁は、見た目にはおいしそうだった。両親は一体どんな感想をくれるだろう。期待半分、不安半分の心地で手を合わせる。いただきます、と三人の声がきれいに揃った。

「どうかな？　おいしい？」

真っ先に味噌汁に手をつけた父に、さくらは問いかける。汁をすする口を椀から離した隆之は目をくりくりさせて笑っていた。

「うん、うまいうまい。味噌の風味もしっかりしてるし、これは立派な味噌汁だ。もっと味が濃くてもお父さんは好きだけどな、このくらいなら健康的でいいよ」

さくらも食べてみな、と促されて椀を手に取った。そっとすった一口目はじんわりと熱を帯びていて、味噌と出汁の香りが優しく広がった。具もつまんで口に入れる。火の通り加減は悪くなく、味の組み合わせにもおかしなところはなかった。給食で食べる味噌汁をなんとなく思い出す。リコーダーが丁寧に旋律をなぞるような、シンプルで温かい音色が聴こえた気がした。

「ほんとだ、おいしくできてる。失敗しないかって心配だったんだ。わかめを入れすぎなくてよかった、お母さんが言ってくれなかったらどうなってたんだろ」

「お母さんが？　そうかそうか、手伝ってもらえてよかったな」

にこにこと笑う父の横で、母は物憂げな表情を浮かべていた。母の注意がなければ失敗していたのだから、もっと得意そうにしていてもいいくらいなのに。調理実習のサインをもらうときもそうだったけれど、どうして母は料理のことになると、こんなに弱気で楽しくなさそうな顔をするのだろう。さくらの胸に生じた疑問の芽は、着実に大きく伸びてきていた。

「お母さんありがとう。わかめ入れすぎないでおいしくできたの、お母さんのおかげだよ」

「そんなことないって。さくらがちゃんと教科書通りに作ったからおいしくできたんだよ。わかめのことはもういいでしょ」

念押しする形になったさくらの言葉に、泉はもう触れないで、と言いたげにそっぽを向いた。母の口からもおいしいという言葉が出たのは嬉しかったし、安心した。けれどやっぱり、料理に対する母の態度が気になって仕方がない。

料理が好きではないことは想像できる。けれどそれだけではない気がした。手伝いを頼んだときの顔、わかめを入れようとしたときの鋭い声、椀を出してくれたときの返事がぱらぱらとよみがえる。受験の心構えについて話すときなら、母はもっと毅然とした態度をとっている。けれど今はまるで違う様子で、別人にすら思えた。

（料理、ほんとにしたくないのかな……）

さくらは椀を置いた。おいしいはずの味噌汁がどこか味気なく感じるのは、味が少し薄めだからなのだろうか。今日は確かに母と並んでキッチンに立った。けれど、一緒に『料理』をした、とは言えない。今日の味噌汁には母の味はひとつも入っていない。道具の手伝いをしてくれる助手がほしいわけではないのだ。

「さくらの初めての味噌汁、よくできてたぞ。また作ってくれよ」

隆之が機嫌のいい声をあげた。父がいてくれなかったら、食卓の雰囲気はどんよりしてしまっていただろう。さくらは父に感謝しながら大きく頷いた。

「うん、また作るね。今度は他のものにも挑戦してみる」

「そうだな、さくらのごちそうを楽しみにしてるぞ。な、母さん」

「……そうね、私も楽しみにしてる。頑張りなさいね」

えへへ、と顔だけで笑ってみせる。母は料理を待つ側でいたいのだ。胸がチクリと痛む。母と一緒に料理をするなんて、叶わない夢なのかもしれない。

けれど諦めたくはなかった。いつか必ず、母と二人で作った料理で食卓を彩ってみせる。その決意を手放すにはまだ早い。

どうしたら母の心を変えられるのか、さくらはそのことばかりを考えていた。惣菜のエビチリに絡みついたソースは甘いばかりで、引き締まった辛みを探してみてもちっともわからなかった。

Step 4
火にかける

学校から帰宅したさくらは、自分の部屋に呼んだ璃子とおしゃべりを楽しんでいた。窓のある壁にベッドと勉強机、反対側にアップライトピアノが佇む部屋の真ん中に二人は座っていた。床に置かれたミニテーブルにはカットされたバウムクーヘンの乗った皿とジュースが並べられている。

休み明け早々に、スピカのバウムクーヘンを一緒に食べようと璃子を誘っていた。父へのおねだりが成功したのだと話したところ、璃子は大きな目をさらに見開きながらさくらに抱きつき、二つ返事で誘いを受けたのだった。

「本物のスピカが目の前にあるなんて夢みたい……ねえ、もう食べてもいいでしょ？」

待ちきれないといった表情の璃子に向かって大きく頷いてから、うさぎの絵皿を璃子の前に差し出す。二人は目を合わせると、いたずらでも始めようかといった表情でくすくすと笑いながらバウムクーヘンに手を伸ばした。

「うわあ、おいしい！　ふわふわで軽い羽根みたい！」

「でしょ？　私もこんなバウムクーヘン食べたことなかったよ。ほんとは昨日ならもっと柔らかかったんだ」

「今だって充分柔らかいよ！　うーん、食べ終わるのがもったいないなあ」

璃子はその言葉通りにちびちびと食べていたけれど、やがて我慢しきれなくなったのか口を大きく開けて一気に頰張った。さくらも同じように口の中にバウムクーヘンを押し込む。口いっぱいに甘く優しい香りがふくらみ、身体より大きなふかふかのクッションに身を預けたときのような幸福感に包まれた。耳の奥にはまろやかなホルンの音色が響く。

薄い生地がたくさん重なるのだから押さえつけられて固くなりそうなのに、スピカのバウムクーヘンはふわりと軽いままだ。どんな作り方をしているのか気になって仕方がなかった。妖精が魔法をかけていると言われても信じてしまいそうだった。

「ごちそうさま！　ああ、今のあたしって本当に幸せ！　さあちゃんありがとう、大好き！」

「どういたしまして。私も璃子ちゃんと食べられてよかった！」

至福のおやつを食べ終わり、二人は満足した顔で大きく息をついた。塾が休みの日に友達と遊ぶのも久しぶりで、心はのびのびとリラックスできていた。

「それでさ、さっきの話に戻るけど、さあちゃんなにか料理の計画立ててるんでしょ？」

「うん。お母さんとお父さんが好きそうなものを練習して、中学生になる前にそれを食べてもらいたいんだよね。でもどんな料理がいいのかよくわからなくて……」

璃子を招いたのはお菓子のおすそ分けのためだけではなく、料理の相談をするためでもあった。うーん、と璃子は首を大きく傾げながら考え込んでいる。

「なんでもいいと思うけどなあ。さあちゃんってスクランブルエッグ上手だったから、卵の料理がいいと思う！　またスクランブルエッグじゃだめなの？　あれならそんなに練習いらなくない？」

「それもいいんだけど、作ったことないものも作ってみたいんだ。あんまり材料たくさん使わなくて、作るのに三十分もかからなくて、練習しやすい料理ってあると思う？」

「うーん、ハムエッグとか？　でもさあ、ハムエッグって練習いらないよねえ」

ハムエッグと聞いて、顔の見えない誰かから皿を差し出される夢の光景が鮮明に浮かんだ。あれなら自分にも作れそうだ。けれどハムエッグを食べるのなら、自分で作るのではなく母に作ってもらいたい。自分で作ってしまったら、夢の人が本当に母だったとしてもわざわざ同じものを作ってくれなくなるかもしれない。

「あっそうだ、オムライスはどう？　あれなら材料もそんなにいらないけど本格的っぽいじゃん！　上に乗ってるオムレツをナイフでちょっと切ると、ぺらって剝がれてとろとろの中身が出てくるオムライスあるよね。あんなの食べられたら最高だよねえ」

璃子がうっとりした表情で語りかけてきた。少し考えて、さくらも璃子の思い描いているものと同じオムライスにたどり着く。

「私も知ってる。だいぶ前にどこかで食べたかも」

「あたしも食べたことあるよ！　初めて見たとき手品かと思ったもん、ほんとにおいしかったしきれいだった！　さあちゃん、やってみたら？」

手品のようだという言葉で、さくらの記憶はさらに色づいてよみがえった。店員がオムレツを切り開いてくれるのを見て、同じ話を両親とした覚えがある。

その店に立ち寄ったのは、駅まで父を迎えに行った帰りだった。混んでいたので少し待って、有名なオムライスがあるというので勧められるままに注文した。パフォーマンスにも味にも大満足して、まだ大人の一人前を完食するのが難しかったさくらでもぺろりと平らげてしまった。その日は食事中も帰り道も、家族全員が笑顔でいたはずだった。

「オムライスだとご飯も具を入れて味付けしなきゃいけないよね。すごく大変そうだしオムレツだけでもいいかな……それでもちょっと難しそうだけど」

オムレツの作り方はまだ知らない。けれど作ってみたくなった。家族がみんな笑顔になった思い出の料理を作れたら、父も母も喜んでくれるのではないだろうか。

「できるできる！　スクランブルエッグをレモンみたいな形にまとめるだけでしょ、たぶん。さあちゃんならちょっと練習したら作れるよ！」

「じゃあ、オムレツやってみようかな！　璃子ちゃんのおかげで決まったし、頑張っておいしいの作らなきゃね」

友人に、いつものように力強く手を引いてもらったことが嬉しかった。璃子を家に呼ぶきっかけになったバウムクーヘンにもさくらは感謝した。

プロが作るオムレツをお手本にしたらきっとうまくいくだろう。思い出の中にあるオムレツはきちんと焼かれているのに焼き目がなくつやつやとしていて、つつくとふるふるると揺れて弾けてしまいそうなほど柔らかかった。とろとろの中身を包み込みながらあんなにきれいにまとまったオムレツは簡単には真似《まね》できないだろう。けれど思い出の店の味を目指して頑張ったら、母もやってみようと思ってくれるかもしれない。心に希望と自信の灯《ともしび》がじんわりと点《とも》る。

「それでさ……話は変わるんだけど、ちょっと相談したいことがあるんだよねえ……」

それまでの元気が散り散りに飛び去ってしまったかのように、小さな声で璃子が切り出した。突然様子の変わった友人を見てかすかに不安になる。

「なに？　どうしたの？」

「実はさ、沢崎のことなんだけどさ。あいつ、料理できる人を尊敬の対象にするなんてこないだ言ってたじゃん。覚えてない？」

言われてみれば、確かに調理実習の日に晴哉がそんな言葉を口にしていた気がする。言われなければ思い出すことはなかったのだけれど。

「それでなんていうかさ、あの、ほら。尊敬っていっても相手が女子だったらさ、絶対好きになっちゃうと思うんだよねえ……それでその、ね？」

璃子はいつになく歯切れが悪く、言いたいことがはっきりわからない。もっとよく聞き出さなくてはならないようだ。

「沢崎くんがどうかしたの？　沢崎くんって好きな女の子がいるとか？　もしかして璃子ちゃん、そのことでなにか嫌なこと言われたんじゃ……」

さくらの口から察しの悪い言葉が飛び出すのを聞いていた璃子は、首を横に振りながら意を決したように声を大きくした。

「そういうのじゃないよ！　あーもうはっきり言うね、あたし沢崎のこと好きなの！」

璃子の突然の告白にぽかんとした。それから少しの間を置いて「えぇ？」と間の抜けた声を上げた。璃子は頬を真っ赤に染めて視線をカーペットに落としている。

「好きって、その、バレンタインにチョコあげたいとかデートしたいとか、そういう『好き』ってこと？」

「そうだよ。沢崎って調子乗りだし口悪いけどサッカーとかうまいし、言ってることは結構かっこいいじゃん。そんなことよりさ、あたしのフレンチトーストはダメ出しされちゃったからさあ……」

璃子の言葉が続くのを待った。しんとした静寂が耳にしみる。

「さあちゃんってさ、沢崎のことどう思ってる？」

「私？　沢崎くんは同じ班だけどそんなに喋らないし……苦手なときもあるよ。乱暴な言い方するときあるから、ちょっとこわいんだよね」

「じゃあさ、もし沢崎がさあちゃんのこと好きになったりしたとしても、さあちゃんは沢崎のこと好きにならないよね？」

さくらは璃子の話の筋道が整理できず混乱した。問いかける声が思わず大きくなる。

「どういうこと？　私は沢崎くんのこと好きにならないし、沢崎くんが私のこと好きになるなんてありえないと思うよ」

「でもさ、さあちゃんこないだの調理実習ですごくおいしいスクランブルエッグ作ったじゃん？　それで料理上手ってわかったわけじゃん？　だから沢崎はさあちゃんのこと尊敬すると思うんだけど、練習してもっとうまくなったら沢崎はさあちゃんのことほんとに好きになっちゃうんじゃないかって」

少し泣きそうな表情を浮かべる璃子がなにを恐れているのかようやく理解した。硬くしていた表情を崩し、友人に向かって笑いかける。

「大丈夫だよ。私ほんとに好きな人とかいないし、沢崎くんのこともなんとも思ってないよ。それに受験あるからそんな場合じゃないもん」

璃子の顔がほっと緩んでいくのがはっきりと見て取れた。思いがけず釘《くぎ》を刺されたものの、料理で男子の気を引こうなどとはまるで考えていない。璃子の考えすぎだと思うし誤解されたくはないけれど、きっとわかってくれるだろう。

「ほんとに？　約束だよ？　さあちゃんのこと、信じてるからね」

自分の気持ちに素直になれる友人の表情はきらきら輝いて見えた。それが少し羨ましくなる。自分も母に素直に心を伝えられたら、どんなにいいだろう。

けれどその想いにはそっと蓋をした。今は黙って頑張りを見せるだけでいい。璃子にも母のことは相談したくなかった。食事のことを知られたら、かわいそうだと思われてしまうかもしれない。

「私、璃子ちゃんのこと応援するよ」

余計なことを考えるのはやめよう。今は母のことを一旦忘れ、璃子の恋心をくすぐってめいっぱい照れさせることにした。それからさくらと璃子は表情をくるくる変えてはしゃぎながら、女子同士の打ち明け話で盛り上がった。二人の笑い声が響く小さな部屋には、妖精のふりまいた甘い香りがふわりと満ちていた。


璃子が帰る時間になり、さくらは仕事帰りの母を駅で迎えるために璃子と一緒に家を出た。今日は母が早めに帰れるとメールしてくれていた。道中で璃子と別れ、駅前に向かう。たくさんの人があちらこちらへ歩き去る中で、さくらはひとり改札の前に立った。しばらく待っていると、泉が雑踏を抜け出してきた。母の元に小さく駆け寄る。

「あれ、迎えに来てくれたの？　ごはんなら買って帰るから家にいてくれていいって言ったのに」

「おかえり。今日は買ってほしいものがあるから待ってたの。料理に使いたいものがあるんだ」

「ふうん。まあ買うのは構わないよ。それなら早く行こうか」

自分が料理を作ることに対して、母の反応はがっかりするほど薄い。仕方がないのかもしれないけれど、本当はもっと興味を持ってもらいたかった。今は無理でもいつか絶対に認めてもらえるように、これから頑張らなくちゃ、と気合いを入れ直す。

味噌汁の材料を買ったスーパーはこの日も混んでいた。店の入口に貼られたチラシを見ると、どうやら夕方のタイムセールがあるらしい。チラシを少しも見ようとせず店に入っていく母を、さくらは慌てて追いかけた。

「あっ、見つけた。お母さん、これ買ってくれる？」

立ち止まって手に取ったのは十個パックの白い卵だった。泉は少し考える素振りを見せると、さくらの手から卵をそっと取り上げ棚に返す。さくらが戸惑っていると、母は違う種類の赤い卵を手に取ってカゴに入れた。

「こっちにしたら？　赤い方がおいしそうでしょ」

「あ、ありがとう……」

買ってもらえないのかと思ったけれど、そうではなかった。母はもしかしたら自分の料理チャレンジを応援してくれているのではないか。少しほっとしたような心地で、カゴを持つ手を握りしめた。

大きめのバターを買いたいと言ったときも、母が渋ることはなかった。けれどなにを作ろうとしているのかを訊ねられることはなく、心に寂しさがにじんでいく。母がどんな気持ちでいるのかを覗き見ることもできず、振り返らない母の後ろを黙って歩いた。

「ラッキー、お惣菜安くなってるじゃない。今日は揚げ物食べたいな。ねえさくら、どれがいい？」

「私はなんでもいいよ。お母さん食べたいの選んでよ」

惣菜コーナーには値引きシールの貼られたパックがぽつぽつと並んでいた。娘の返事を聞いた泉はおかずを素早く見定めながら次々とカゴに入れていった。選ばれたのは一口ヒレカツ、白身魚フライ、青じそチキンカツ、コーンサラダ。どれを食べても同じような味がするのだろうと思うとなんだか醒《さ》めた気分になった。

「それでさくらはなに作るの？　時間かかるならこっち先に食べちゃうよ？」

帰宅後、いつものように惣菜を温めながら泉がさくらに声をかけた。さくらは吊り棚にしまったボウルを取り出し、料理の支度をしていた。

「オムレツを作ってみるつもり。そんなに時間かからないと思うから、ちょっとだけ待ってて」

「それって二人分？」

思いがけない質問だった。どうしようかと少し迷う。もちろん母には食べてもらいたい。けれど、オムレツの作り方は教科書にも載っていなかった。そんな料理を最初から食べさせられるほどの自信はない。

「ううん、私のだけ。作ったことないし、練習中は全部自分で食べるよ」

うまくなったら食べてくれる？　そう言おうとしてぐっと飲み込んだ。上手になってから伝えよう。それまではひとりで練習だ。

卵を二つボウルに割り、塩コショウを振って丁寧に溶く。フライパンに一片のバターを落としてスイッチを入れ、火力を最大まで上げた。ＩＨコンロの使い方は、味噌汁を作ったときにしっかり覚えていた。

バターが液状になったのを確認してから卵を流し入れる。卵はフライパン一面に薄く広がったまま、音を立てることもなく静かに佇《たたず》んでいた。調理実習のときと状況が違う。どうしてだろう、とさくらは違和感を覚えながら菜箸でかき混ぜ始めた。

そのうちに卵はようやく固まりだした。けれど、混ぜようと箸を入れたところからがりがりと削れてしまった。まとめようとしても、黒い線が現れるばかりでだんだんぼそぼそになっていく。焦って火を止めたときにはもう遅かった。卵はほとんどがフライパンにこびり付くように固まってしまった。

仕方なくフライ返しを手に取り、卵をこそげ落とすように集める。やっとのことで盛り付けた卵に、フライパンからはがれ落ちた卵のかけらがぽろぽろと落ちた。オムレツのなり損ないにしても、想像以上にひどいものだった。

調理実習のスクランブルエッグは単なるまぐれだったのだろうか。さくらの自信は足元からぐらついて崩れてしまいそうだった。

「オムレツできたの？」

「うん……でも、だめだった」

母に見られるのはあまりにも恥ずかしかったけれど、隠すこともできない。卵を覆い尽くす勢いでケチャップをかけ、おずおずと食卓に運ぶ。

「ずいぶんかけたね。それ、焦げてない？　食べられるの？」

「そんなに焦げてないよ。失敗してもちゃんと食べる。捨てるのはだめだから」

　できあがったものを見た母が首を傾げる。見なかったふりをして椅子に腰かけた。いただきますと手を合わせ、食べ始めようとしたときだった。

「でも、料理の失敗くらい大丈夫よ。受験じゃないんだから」

　言葉の意味を理解した瞬間、頭の芯がスッと凍《い》てついた感覚にとらわれた。それからすぐに、冷たくなった頭が今度はカッと燃え盛った。母の物言いを黙ってやり過ごすことはできなかった。

「受験じゃないから、っていうのは違わない？　確かに受験は失敗するわけにいかないけど、料理だったら失敗してもどうでもいい、みたいに言われたくない」

「待って、そういうことじゃ……」

　泉の視線が泳いだ。それに構うことなく続ける。

「お母さんにとっては料理なんてどうでもいいかもしれないけど、私は真剣にやろうと思ってるの。受験じゃないことだって頑張りたい。それを無意味なことみたいに言われるのは嫌だよ。お母さんは料理しないからわかんないかもしれないけど……」

　そこまでひと息に言って、我に返った。言わなくていいことまで言ってしまったかもしれない。母の顔を直視する。泉のまぶたの辺りがふるふると震えていた。

後悔の念がさくらに降りかかった。けれどこの言葉の勢いを止めたくもなかった。

思いきって、ずっと抱いていた疑問ごと母にぶつかっていく。

「前から訊きたかったんだけど、お母さんってどうして料理しないの？」

泉の顔が小さく歪《ゆが》む。その目はひどく冷ややかだった。母の眼光に思わずたじろぐ。大きな猫の喉元を狙って嚙みつこうとしたら、にらみつけられて動けなくなった小ネズミのような気分だった。

「さくらは困ってるの？」

「え……？」

「さくらは、私が料理しないことでなにか困っているのかと訊いてるの」

感情を無理に殺したともとれる、平静を装った声だった。怒ってる、と直感的に悟った。背筋に震えが走りそうになる。

「困ってるわけじゃないよ……でも、どうしてなんだろうって思っただけ」

「私の仕事が終わる時間は知ってるよね？　帰ってきてから料理を始めたら、食べるのは何時になると思うの？　晩ごはんに時間かけてたら、さくらが寝る時間にだって障るんだよ。睡眠不足で大事な受験に臨む気？」

「それは……」

言い淀むさくらに向かって、今度は泉が勢いづいて話し出す。

「料理の必要がないからしてない、それだけ。今のままでなにか不満があるの？　肉も魚も野菜も食べられるように、ちゃんとバランスも考えてる。味だって悪くないはずだよ。デパ地下のお惣菜なんて、すごく本格的でおいしいってさくらも言ってたよね」

ひと呼吸置いた泉はさらに続けた。少しむきになっているのかもしれない。

「だから、ごはんのことで困らせてるつもりはないよ。体調を悪くしてるならともかく、さくらはもう何年も風邪《かぜ》なんてひいてないじゃない。なんの問題もないんだからいいでしょう？　もうそんなくだらない質問をしてこないで。わかったら食事を済ませなさい」

反論など許されない雰囲気だった。これ以上つついたら爆発してしまうのではないかと思えるほど、ダイニングの空気は張り詰めていた。さくらはそろそろと視線をオムレツに落とす。

言われた通り、今の食生活がさくらの健康に悪影響を与えているとは思えない。空腹でみじめな思いをしたこともない。母の言葉は確かに間違ってはいなかった。

（でも、そうじゃない）

上目づかいで泉の顔をもう一度盗み見る。泉は箸を持ったまま、迷子になった子どもみたいな顔で途方に暮れていた。それを見た途端、さくらは頭に雷を落とされたかと思うほどの衝撃を受けた。想像していたものとは全く違う表情だった。どうしてそんな顔をするのだろう。

今の母に、これ以上言葉を投げかけてはいけないのだ。さくらは諦めて箸を取った。自分の気持ちを理解してもらえる日など、どんなに待っても来ないのではと思えてならない。自分の逆鱗《げきりん》に触れた母の言葉も、もうどうでもよかった。

食欲はなくなってしまった。けれど作ったのだから食べなくてはならない。赤く染まった卵に覆いかぶさりながら食べた。ケチャップの酸味がツンと鼻をつくばかりだった。

オムレツ作りの日々は迷走していた。

火力、バターの量、溶き卵を流し込むタイミング、かき混ぜる時間、まとめ方。ひとつができてもどこかひとつを取り零してしまう。まとまらずに半熟スクランブルエッグの状態になるのはまだいい方で、こびりついてぼろぼろになったり火を通しすぎた炒《い》り卵になったりするばかりだった。

「どうしてできないんだろう……調理実習のときはとろとろにできたのに」

何度目かの失敗作を前にため息をつく。うまくいかないのはＩＨコンロのせいだろうか。それともフライパンが悪いのだろうか。思い通りにならない不満がさくらの心を覆っていく。簡単にできるなどと言っていた璃子のことまで憎らしく思えてしまいそうだった。

次の日、さくらはオムレツの作り方について担任に相談することにした。家には料理本などないし、誰かに教わるとしても相手は他に思いつかない。昼休みの職員室へと向かう足取りは自然と早くなった。

「聡美先生、私オムレツ作りの練習をしてるんですけど……どうして卵ってこびりついちゃうんですか？　家でやるとぼろぼろになっちゃうんです。考えてもわからなくて、調理実習でうまくできたのはたまたまだったような気がして」

「フライパンが温まりきってないのと、バターの量が原因かもしれないわね。調理実習のときはどうだった？」

「そういえば、バターがぐつぐつしてたような気がします。溶かしただけじゃだめなんですね……」

「溶かすだけだと、ぬるいバターと卵が混ざってしまうのよ。バターは少ないとこびりつきやすくなるから、たっぷり入れて熱くなるまで温めるのがいいわね。沸騰したみたいに泡が出てくるのが合図で、それから卵を入れたら失敗しにくくなるはずよ」

調理実習のときは、ぼうっと考えごとをしている間にバターが溶けて煮えていた。自分でも気づかないうちに時間をかけて加熱していたのだ。理由がわかれば納得がいく。

「ありがとうございます。それとオムレツのまとめ方というか、包み方も全然うまくできなくて……スクランブルエッグみたいに混ぜっぱなしじゃだめですよね」

あごに指を添えて考えている聡美先生を不安な気持ちで見つめる。自分にもできるやり方を先生は教えてくれるだろうか。

「そうねえ……まずはフライパンを左手でしっかり持ち上げられるようにならないと、少し難しいかもしれないわね。オムレツは上下を返さないといけないから」

「ひっくり返すんですか？　まとめるだけじゃなくて？」

「そうなのよ。形を整えてから、焼く面の上下を入れ替えるの。さくらさんの想像より難しかったかしら？」

ひとまとまりになればそれでいいのだと思っていた。とんでもないものに手を出してしまったような気持ちで唾をごくりと飲み込む。まとめるのすら手間取っているのに、ひっくり返すことなどできるようになるのだろうか。

「返すのはおいおい練習するとして、まずはまとめる方法よね。固まり始めた卵をよく混ぜながら、フライパンの奥に寄せるイメージで作るといいかもしれないわ」

なんとなくの想像はついた。けれど寄せ集めるのも簡単ではなさそうな気がする。

「寄せるって、菜箸でもできますか？　なんか崩れちゃいそうですけど……」

「菜箸では確かに難しいわね……卵を混ぜるところまでは菜箸にして、寄せてから包むところはフライ返しを使ってみたらどう？　フライ返しなら菜箸よりはばらばらになりにくいと思うわよ」

聡美先生のアドバイスをひとつ残らずノートに書き留める。まずは卵をひとまとめにして、かろうじてでもオムレツに見えるものを生み出したかった。

学校が終わると、脇目もふらずに家に帰ってキッチンに足を踏み入れた。調理台にノートを広げ、教わった手順を一から振り返り確かめていく。オムレツを作るようになって以来、なぜ失敗したかの予想や出来栄えについての感想もそのノートに書き込むようにしていた。先生の話を聞いてわかった大事な部分には目立つように赤線を引いた。

この日さくらは、フライパンを温めるのに普段よりずっと長い時間をかけた。じっくり温まるバターの変化を見逃さないように観察していると、やがてふつふつと細かい泡が生まれては弾けるのがはっきりと見えた。熱くなったバターの上に注ぎ入れた卵が周りから急激に盛り上がる様子を見て、やり方が正しかったのだと確信する。

ぐるぐるとかき混ぜているうちに卵は固まっていった。このまま続ければスクランブルエッグになるだろう。菜箸からフライ返しに持ち替え、卵をフライパンの奥に集めていく。

いびつな半円形はそのままひっくり返せばオムレツになりそうだった。底の部分が熱でしっかり固まるのを待ってから、フライパンのへりにくっついた卵をはがして全体を中央に引き寄せる。今度は手前から卵の下にフライ返しを差し入れる。思い切って持ち上げながら奥へと転がすように押しやると、卵のかたまりは真ん中あたりで裂けた。

まずい、と思ったけれど、それでも半分は焼かれた面が表に出ている。もう半分も同じように返せばまだなんとかなりそうだった。残った部分もなんとか返し、へりに乗り上げた卵が外へ飛び出さないように真ん中へと戻した。ふう、と息をついてコンロのスイッチを切る。

二つに分かれてしまったし形も歪んでいるけれど、ひっくり返せたのはかなりの進歩だった。今までで一番うまく焼けたことが嬉しくて胸がどきどきする。このオムレツをひとりで堪能するのは、なんだかもったいない。

皿に乗せようとしたとき、ダイニングテーブルに置かれていた携帯電話が短くさえずった。届いたのは母からのメールだった。

〈今日は急な残業で遅くなります。塾の帰りにごはんを買って食べておいてね。買うのはさくらの分だけでいいよ。よろしく、ごめんね。〉

文末には女の人が謝っている絵文字が添えられていた。さくらは短い返事を送って携帯電話を戻すと、食器棚から水色の小ぶりな弁当箱を探し出した。まだフライパンの中にあるオムレツをフライ返しで割り、弁当箱に移す。

家でひとりだけの食事をするくらいなら、塾で食べた方がまだ寂しくない。さくらにとっては慣れたものだった。コンビニでおにぎりを買うために引き出しの封筒から千円札を取り出すと、さくらは塾の支度をして家を出た。

自分で作ったオムレツしか入っていないとはいえ、弁当箱を持って塾に行くのは初めてだ。授業のあとでオムレツを食べるのが無性に待ち遠しく、どことなく軽い足取りで塾へと急いだ。

さくらの通う塾では、授業は七時半に終わる。

帰宅していく生徒たちのあいだをすり抜け、エントランスの近くにある休憩室に向かった。ガラス戸を開け、空いている席を適当に選んで座る。青白い蛍光灯がまぶしく光る教室とは違い、暖かみのある明かりと木目調の壁紙が備わっているこの休憩室をさくらは気に入っていた。

コンビニで買ったツナマヨおにぎりとたらこおにぎりを順番に食べ終え、最後に残った弁当箱の蓋を開ける。中に入れてきたオムレツにはケチャップを少しかけてきていた。箸で切り分け口に運ぶと、中までしっかり火が通っていて少し固い。焼いてから時間がたってしまったこともあり、ふわふわとした食感はなかった。けれど噛むたびに卵の味がしっかり浮かび上がるようで、塩気も物足りなくはない。

間違えないように楽譜をなぞり、ゆっくり鍵盤を押さえていくピアノの音に似ている。練習がうまくいったときの音だ。このオムレツも失敗作と呼ぶほど悪い出来ではないのだと頷く。

「あれ、珍しいね。室本さん今日はお弁当作ってもらったの？」

そっと声をかけられたのに気づいて顔を上げると、いつのまにか光希先生がさくらの隣に立っていた。

光希先生はさくらが休憩室で食事をしているところに見回りに来ることが多い。そのたびに話をしているので、いつもコンビニで買ったものばかり食べているのも光希先生には知られていた。

「これ、私が作ったんです。卵を焼いただけなんですけど」

へえ、と光希先生は弁当箱を覗き込む。途端に緊張の糸が張りつめた。

作ったときにはほかの誰かにも見てもらいたかったけれど、実際に見られるとなると途端に恥ずかしかった。自分で作ったなんて得意げに言わなければよかった、と慌てながら視線のやり場を探す。ふと横を向くと、少し離れた席で薫が弁当箱を広げている。薫もこちらを見ていたようで、けれど目が合った途端にすっと逸らされた。なんとなくバツの悪い思いがして目を伏せる。

「すごいね、自分で料理するなんて。でも前まではやってなかったよね？」

「はい。最近始めたので……」

そこまで言ったところで、不安になって先生の顔をそろそろと見上げた。母から何度も言われたことを思い出す。光希先生からも受験の心構えがなっていないと叱られてしまうかもしれない。作った料理を塾に持ってこない方がよかったかと身を固くする。

「そうなんだ。負担にはなってない？　料理ってそんなに簡単じゃないでしょう」

予想に反して、光希先生の言葉はさくらをとがめるものではなかった。

「はい……でも練習してるのはオムレツだけだから、そんなに大変じゃないです。勉強時間を削ったりはしてないし」

「うんうん。料理はこだわり始めたら時間がいくらあっても足りないからね。あんまりハマりすぎて受験に影響しないように気をつけないといけないよ」

「そうですよね。気をつけます」

「室本さんなら大丈夫だと思うけどね。もっとも心配することがあるとしたら、上を目指すための心持ちがゆったりしすぎてることかな。勝負根性をもっと強く持ってもいいと思うんだ」

さくらは軽く首を傾げた。あまり聞き慣れない言葉だった。

「勝負根性、ですか」

「そう、勝負根性。今のままだと、勝つか負けるかギリギリの争いの中に飛び込んだら競り負けちゃうかもしれない。室本さんは厳しい場面でも余裕を持てるのが強みだし、それは誰にでも簡単に真似のできることじゃないんだよ。でも、勝ちに行く姿勢ははっきり言うと弱いと思う。料理をするのは構わないけど、今話したことも少し意識してみてね」

「わかりました……ありがとうございます」

「うん。なにか困ったらいつでも相談していいんだよ。オムレツおいしそうだね、もしまた持ってきたら見せてね」

光希先生が行ってしまうのを見送り、緊張感から解放されてほっと息を吐いた。

勝負根性、という言葉の意味を考えてみる。勝負に対する自分の姿勢が弱いことと、今この時期に料理を始めたことはきっとつながった話なのだろう。けれどさくらにはあまりピンときていなかった。誰にも負けたくないとは思っているのだ。その気持ちが周りには伝わっていないのだろうか。

答えが出ないまま、残ったオムレツを一気に平らげる。オムレツと一緒に、釘を刺された居心地の悪さも飲み下した。けれどおいしそうと褒められたことは素直に嬉しかった。

「室本さん」

食事の後片付けをして席を立とうとしたとき、聞き覚えのある声がした。振り返ると、薫がすぐそばまで来ている。荷物を手にしたさくらも彼女に近づいた。

「長倉さん、どうしたの？」

「どうってほどじゃないけど。さっきの話、実は全部聞こえてたんだよね。室本さん料理してるんだって？」

「うん、まだそんなにうまくないんだけど」

さくらの言葉を聞いた薫はあからさまに眉間にしわを寄せた。

「ふーん。それじゃ受験勉強はよっぽど余裕なんだ。できる人は違うね」

吐き捨てるような言葉だった。薫に突然嚙みつかれたさくらはたじろいだ。いきなり呼び止められて強い言葉を投げつけられる理由がわからない。突然のことに二の句が継げないでいるさくらに向かって、薫はさらに言葉を放つ。

「室本さんさ、受験ナメてるでしょ。ちょっと成績いいからって楽勝アピール？　ふざけんなってかんじ。料理とかどう考えても無駄じゃん。勉強よりもやりたいことがあるなら受験やめたら？」

薫の言葉には遠慮などどこにもなく、もはや攻撃と呼んでもいいほどだった。ここまでストレートな言葉をぶつけられるなどとは思いもよらず、ますます困惑して頭の中が真っ白になった。

「待って、急にそんなこと言われても」

「待たない。室本さんってほんとマイペースなくせに勉強だけはできるもんね。前からそういう余裕ぶったところむかついてたんだよ。あのね、前にも言ったけど私は絶対に禮桜に入りたいの。だから誰よりも勉強するって決めたし、本気で合格するつもりで幼稚園から続けてた習い事もやめたの。勝つために楽しいこと諦めて、今は受験のことだけ考えて生きてる。それなのにそっちは料理始めましたとか、ほんとなんなの？　やる気ない人に倍率上げられたくないからもう禮桜受験しないでほしいんだけど」

黙るしかなかった。料理を始めたことには理由があるのだと説明したかったけれど、薫に話してもうまく伝わるとは思えない。それにこんな場所でけんかなどしたくはなかった。他の生徒たちが迷惑そうな目でちらちらと視線を飛ばしてくるのも耐えがたかった。一秒でも早くここを出て帰りたい。

「……やる気ないわけじゃないよ。私も禮桜行きたいし。お互い頑張ろう？」

やっとのことで言葉を絞り出し、すぐに薫に背を向けた。燃えるような目でにらみつけてくる薫の顔を見ることはもうできなかった。

「ほんと、やなかんじ。成績上位だからって人のこと見下してんの？　どっちも合格したら仲良くなろうとか言ってたけどさ、あんなのもう知らない。私は中途半端なことしてる室本さんなんかに絶対負けないから。せいぜい今のうちに天狗《てんぐ》になっておけばいいよ。最後に勝つのは私だからね。今しかできない受験よりいつでもできる料理選ぶとか、ほんと馬鹿みたい」

さくらはもうなにも言わず、休憩室から立ち去った。そのまま塾のエントランスを足早に通り抜け、宵闇に沈む住宅街の中を息があがるまで走り続けた。

立ち止まり、地面を見つめる。薫の言葉はナイフのようにさくらの喉元に深く突き刺さっていた。抜かなければ苦しいままで、けれど刃に触れなければ抜くことはできない。

光希先生の言った言葉の意味を理解できたような気がした。薫がさくらに見せつけたむき出しの心には誰よりも強い勝負根性が宿っている。そして、それは明らかにさくらにはないものだった。今の状況では、受験に対する想いは圧倒的に薫の方が上だと認めざるを得ない。

受験に対する覚悟と料理をする覚悟、そのどちらもきちんと見つめ直さなくてはならないと思い知らされて唇を嚙む。薫はさくらの行動を中途半端だと決めつけた。その声が鼓膜にこびりついている。他人がどう思うかはわからない、けれど自分は真剣に取り組んでいるつもりだ。それが伝わらないのなら、誰が見ても本気だとわかる態度で臨まなくてはいけないのだろう。

習い事を諦めて受験に取り組んでいる、だから本気の度合いが違うのだと言われたことにもさくらは内心むっとしていた。受験と料理のどちらかしか成功できないとは思わない。料理にかけている時間はさほど長くないし、勉強の時間を削っているわけでもない。それこそやる気と根性の問題だ、と口を引き結ぶ。

薫に負けたくない。遅まきながらも心に闘志の火が点った。

料理を始めたのがきっかけで、周りの人たちがさまざまな想いを投げてくるようになった。その状況をじっと受け止める。自分が変わったことで他のなにかも変わり始めていて、動き出してしまったからにはもう止められないのだ。

必ず結果を残そう。そう決めたのだから、絶対に諦めないし引き返さない。

改めて心に誓い、少し冷え込む夜の風を思いきり吸い込んだ。ぽつりと佇む街灯が、確かな足取りで通り過ぎるさくらを静かに照らしていた。

Step 5
かき混ぜる

　図書室から教室に帰ってくるなり、さくらは大きなため息をついた。料理本を探しに図書室へ向かうのも何度目のことかわからない。それも今日読み尽くしてしまったし、これだけ通ってもオムレツの作り方が載っている本はあまり見つけられなかった。ここしばらくのさくらは塾に行く前に駅前の書店へ向かい、料理本コーナーでオムレツが載っている本を探しては片っ端から立ち読みするようにもなっていた。

　卵とバターと塩コショウ、たったこれだけの材料なのにどうしてこんなに難しいんだろう。毎日作っているうちに卵はきちんとまとまるようになってきたけれど、ひっくり返すタイミングも返し方も決定的なコツがつかめないままでいる。なかなか上達しないことに少し焦りを覚え始めていた。

「さくらさん、ちょっといいかしら」

唐突に、自分を呼ぶ声が聞こえた。教室に足早に入ってきた聡美先生が、さくらを見るなり小さく手招きしていた。なんだろう、と先生の机に向かう。冬の気配をひっそりたたえた空は柔らかく晴れ、窓越しにきらめく光にさくらは目を細めた。

「これを渡そうと思って。さくらさんが作ろうとしてるオムレツってこういうのじゃない？　昨日インターネットで探してみたら詳しいレシピがあったのよ」

さくらは驚きつつ、差し出されたプリントを受け取る。手渡されたカラー印刷の紙は数枚あった。洋食店のホームページから印刷されたものらしく、オムレツ作りの手順が一つひとつ写真付きで説明されている。ふと、写真の隣に小さく書かれた《動画はこちら》の文字に目が引きつけられた。

「先生、この動画って見られるんですか？」

「このホームページから見られるわよ。文字や写真よりも動画を見た方がずっとわかりやすいと思うから、お家のパソコンが使えるなら見てみたらどうかしら」

家にパソコンはあるし、インターネットも使える。けれど、母の許しがなければ触ることができなかった。少し不安を覚えつつ、母に頼んでみることにした。

「ありがとうございます。すごく助かります」

「参考になるといいんだけど。受験もあることだし、無理せず頑張ってみてね」

応援してくれる人が近くにいるのは心強かった。プリントをしまおうと早足で席に戻ると、様子をうかがっていた璃子がやってくる。なになに、と璃子はプリントに顔を寄せ、内容を読むなり明るい声を上げた。

「あっ、『有明亭《ありあけてい》』だ！　前にちょっと話したでしょ、オムレツをナイフで切るお店ってここだよ！　ここのふわとろオムライスをデートで食べるのは、どんな女子でも憧れちゃうシチュエーションだよお……」

その声を聞いてか、ちょうど近くを通りかかったクラスメイトが足を止める。晴哉と悠翔だった。先に口を開いた悠翔の声は弾んでいた。

「僕もこのお店をテレビで見たことあるよ。ここの卵料理、芸術作品みたいですごいよね。僕も食べてみたいんだけど、遠くて行けないって父さんに言われちゃってさ。いつか食べてみたいな」

「お前らみんな知ってんの？　俺初めて聞いた。うまい飯ならなんでもいいや、俺も食ってみてえ」

三者三様に、この店のオムライスに興味を持っているようだ。そんなに有名なのかと一枚目の紙を見返す。レトロなロゴで『創業九十年　有明亭』と印字された横には、コック帽をかぶった柴犬《しばいぬ》のかわいいマスコットキャラクターが描かれていた。

前に家族で行った店とは違うけれど、この店のレシピも外側だけを焼いて中身をとろとろに仕上げるものだ。これこそさくらの目指しているオムレツそのものだった。

「それで、室本なんでこんな紙持ってんの？　このオムレツ作るのか？」

首を伸ばしてプリントを覗いた晴哉に訊ねられ、うん、と返事をする。

「作れたらの話だよ……今はまだ無理。でもちょっと頑張ってみたいかも」

「ふーん。なんかすげえよなあ。小学生でこんなプロみたいなの作れたらまじで天才じゃね？」

どきっとして反射的に璃子の顔を盗み見る。璃子の表情はいつも通りに見えたけれど、胸がひやりとすくみ上がった。

「さすがにプロと同じようになんてできないよ。スクランブルエッグより難しいし」

「でも室本のスクランブルエッグあんなにうまかったんだからいけるんじゃねえ？あーあ、俺またあのうまい卵食いたくなってきた」

さくらはおそるおそる、けれど今度こそしっかりと璃子を見た。悔しさを押し殺したような表情で視線を落とす璃子の姿がそこにあった。いたたまれない気持ちのままそっと友人から目を逸らす。悪いことをしたわけでもないのに、後ろめたい思いが付きまとって離れなかった。

　今日はさくらが日直だった。クラスメイトたちが帰っていく中で最後まで残って仕事を済ませる。下駄箱に向かい上履きを脱ぐと、璃子が上がりかまちに腰かけているのを見つけた。璃子もさくらに気づいて見上げる。その顔には隠しきれない不機嫌がにじみ出ていた。

「璃子ちゃん、待っててくれたの？」

「うん。話したいことがあるから」

　心の中に、重苦しいもやが吹き溜まりを作った。なんの話をされるのか想像はついていた。靴を履いて璃子と並んで歩き出す。通り抜けてきた正門がずっと後ろに遠ざかるまでどちらも口を開かなかった。

「ごめんね」

　ようやく璃子が小さな声で呟く。謝られる心当たりがなくて戸惑った。返事をできずに黙っていると、璃子は言葉を続けた。

「さあちゃんが沢崎にアピールしたくて料理してるんじゃないことくらい、あたしもわかってるの。だけどやっぱり沢崎はさあちゃんのことばっかり見てるとしか思えないんだよね。昼休みのことだってそう。それがどうしても悔しくて、どうにもならないほど悲しくなるの」

頷くことしかできなかった。さくらを責めたい気持ちと責めたくない気持ちの間で璃子が揺れているのがひしひしと伝わってくる。なにも言えないまま、じっと話に耳を傾ける。

「五時間目に理科室から教室に帰るときにさ、さあちゃん当番でいなかったじゃん？あのときあたし沢崎に話しかけられたんだよね。さあちゃんがどこの塾行ってるのかとかどこ受験するのかとか、なんかいろいろ訊かれたよ」

「そうだったんだ……」

「さあちゃん沢崎とそんなに喋らないじゃん。だけどあたしがさあちゃんと仲良いから、あたしを通じて知りたかったっぽいんだ。あたし、そういう形で沢崎と喋りたいわけじゃないんだけどね」

力なく笑う璃子にかける言葉が見つからない。璃子はなおも続けた。

「ねえ、どうして料理しようなんて思ったの？　調理実習はわかるけど、ちゃんと始めたのってそのあとからだよね。やっぱり沢崎が褒めたから？　さあちゃんが料理始めなかったら、沢崎だってさあちゃんのこと気にしなかったとしか思えない」

「違うよ。それは絶対違う。沢崎くんは関係ないよ。全然違う別の理由があるの。でもうまく説明できなくて……」

「ほんとに？　嘘じゃないよね？」

嘘ではなかった。けれど、さくらの背中を押した大勢のうちのひとりに晴哉もいるのは事実だった。後ろめたさを振りほどきたいのに、声はだんだん小さくなる。

璃子はさくらが料理をやめればいいと思っているに違いない。料理を阻むものは受験だけだと思っていたけれど、まさか友人が壁になるとは思ってもみなかった。

なんとかならないかと思った、そのときだった。ふとさくらの頭に、ひとつのひらめきが生まれた。

「ねえ、璃子ちゃんも一緒に料理やらない？　ほら、沢崎くんは料理の上手な子が好きなんでしょ？　璃子ちゃんが料理上手になれば、きっと私じゃなくて璃子ちゃんのことを見てくれるようになるんじゃないかな」

料理を始めてから、自分と周りの人たちの関係が少し変わってきている。そのことを思い出しながら呼びかけた。料理という活動がなにかを変える力を持つのなら、自分だけではなく他の誰かのことも変えるはずだ。疑いをにじませていた璃子の目つきは次第に納得したものに変わっていった。

「そうかもね……私も料理やってみようかな。さあちゃん一緒にやってくれるの？」

「もちろん！　私、応援するって言ったでしょ？　璃子ちゃんは元々沢崎くんと仲良いし、私なんかより璃子ちゃんの方がお似合いだからきっとうまくいくよ」

璃子の表情が少しずつ晴れやかになるのを見てほっとした。いつも自分を元気づけてくれている友人の悲しそうな顔など見たくはなかった。

今度は自分が友人の手を引く番だ。このアイディアが成功するよう、強く願った。


土曜日の街景色はいつもと違って見える。日差しの色が柔らかいのは天気のためだけではなく、きっと見ているレンズが違うからだろう。ランドセルも塾のかばんも置いて外へ出たさくらの心と足取りは、ふわりと舞うように軽やかだった。

璃子の家に着き、玄関のチャイムを鳴らした。エプロンをつけた璃子に迎えられ、おじゃましますと告げながら上がり込む。キッチンでは璃子の母が料理の準備をしていた。

「さくらちゃん、いらっしゃい。今日は頑張ってね」

ぺこりと頭を下げ、さくらもエプロンをつけて準備にとりかかる。一緒に作るメニューを相談した結果、璃子の思いつきで肉じゃがに決まっていた。

「料理上手な女子の定番と言えば肉じゃがって昔から言われてるじゃん？　あたしか

らすると地味な気はするんだけど、作れるようになっておいて損はないと思うんだよね！」

「和食だし、なんかやりがいありそうだよね。そういえば璃子ちゃん、しらたき使うって書いてあるけど今日は入れないの？」

印刷されたレシピと目の前にある材料を見比べながら訊ねた。璃子はなぜか胸を張って答える。

「しらたきはね、あたしが好きじゃないから入れないの！　こんにゃくはぶにぶにしてるから、白いのも黒いのも全部嫌い！」

すっかりいつもの調子を取り戻している様子にほっとする。二人は笑い合いながら料理に取りかかった。

さくらが皮を剥《む》いた具材を璃子が切り、調味料を計って器にとる。ピーラーも包丁も不慣れな二人の作業はなかなか進まず、下ごしらえに二十分近くもかかった。

「ふう、やっとできた！　手を切らなくてよかったあ、あたしこんなにたくさん野菜切ったの初めてかも」

「私も皮剥きこわかったな。滑っちゃいそうで。えっと、このあとは炒めて、それから煮るんだよね？」

「うん！　炒めるのあたしやるね！」

張り切って始めたものの、具材をかき混ぜる手つきは少し危なっかしい。コンロに転がり落ちたじゃがいもを璃子が拾うところをさくらは後ろから見ていた。こそこそとフライパンの中に戻し、ちらりと振り向いた璃子とばっちり目を合わせてくすくす笑う。璃子もごまかすように笑っていた。まだ作り始めたばかりだけれど、二人での料理はひとりでするよりずっと楽しかった。

野菜に牛肉も加えてさらに炒める。火力も手際も慎重だったおかげか、具材が焦げつくことはなかった。肉に完全に火が通ったところでまとめて鍋に移し、計っておいた調味料と水を入れて煮込む。しばらくするとだんだんおいしそうな匂いが漂ってきた。懐かしいような、初めて知るような温かい匂いだった。

「ねえねえ、これいいかんじじゃない？　すごいおいしそう！」

「うん、ほんとおいしそう！　できあがるの楽しみだね」

鍋に落し蓋をして、ようやくひと仕事終えた心地で二人とも椅子に腰かける。時間が来るまでは放っておいても大丈夫そうだった。

「肉じゃがさあ、なんか思ったより難易度高くない？　具を切って煮込むだけだと思ってたんだけど」

「けっこう時間かかってるよね……本格的だよね、肉じゃが。これ、うまくできたら沢崎くんに食べてもらえば？」

「えっいきなりそんなの無理！　やめてよ、なんて言って渡すの？　やだ無理だって、できないよそんなの」

晴哉の名前を出した途端に慌てふためくのを見て、思わずぷっと吹き出してしまった。照れながら頬をふくらませる璃子はさくらが笑うのを見てますますふくれ、湯気が出そうなほど顔を真っ赤にした。

「もう、さあちゃんひどい！　応援してくれるんじゃなかったの？　笑わないでよ！」

「ふふっ。ごめんね、璃子ちゃんの反応がかわいかったから」

照れ隠しをするようにさくらをにらみつけた璃子は、ふいと横を向いてぼそぼそと喋り出す。

「さあちゃんそんな風にからかってくるなんて意外。なんかさ、最近ちょっと変わった？」

しばらくぶりに言われた『意外』の言葉に、すっと頭が冷えた心地がした。

「あっ、いい意味でね！　さあちゃん前まではもっと静かであんまりふざけたようなこと言わなかったからさ。なんていうんだろ、元気になったみたいな？　嫌とかじゃないからね！」

　返事ができないでいるさくらを見て、璃子が焦った口調で続けた。投げかけられた言葉を頭の中で繰り返し、ゆっくりと飲み込む。

　いつか話した日の薫も、もっと引っ込み思案だと思ってたと言っていた。璃子にも同じことを言われた。元気に見えているなら喜んでいいのかもしれないけれど、こうも口々に言われるとやっぱり不安になってしまう。

「悪い方に変わったんじゃないならよかった。自分ではよくわからないけど……でも、ほんとにいつか沢崎くんに手料理食べてもらえるといいよね。私、応援してるからね」

　話題を逸らしたくて、友人の想い人の名前を持ち出す。自分のことにはもう触れないでほしかった。考え込んでしまうと、この場の空気も重くなってしまいそうだった。

「あ、ありがと……頑張ってみる。あっ、そういえば昨日ママがクッキー買ってくれたの！　一緒に食べようって思ってたのに忘れてた、ねえ今のうちに食べようよ！」

　会話の内容をねじ曲げたかったのは璃子も同じだったらしい。そそくさと席を立った璃子が抱えてきた包みを見てさくらは歓声をあげた。

　キャラメル色のボックスに真っ白なレースが大輪の花を咲かせている。花の下には筆記体のアルファベットが短く記されていた。この店の名前のようだけれど、簡単な英語ではないらしく読めなかった。蓋を開けると、ぴったりと並べられた色とりどりのクッキーが目に飛び込んでくる。

「これね、ちょっと前に駅前にできたケーキ屋さんのなんだ！　あたしも一緒に行ったんだけどすっごくかわいいお店だったの。さあちゃんも今度行ってみてよ！」

「そうなんだ、駅前よく行くのに気づかなかったよ。どれ食べてもいい？」

「いいよ！　あたしチョコチップにする！」

言うが早いか、璃子はさっと手を伸ばしてお目当ての小袋をつまみ上げた。さくらも続いてひとつ手に取る。封を切ると、ケーキ店の扉を開いた瞬間の甘い香りがした。小さくかじったところからバニラの風味が柔らかく広がり、まだ少し浮かないさくらの心を優しく包み込んだ。

「おいしいね。なんだかほっとする味」

「うんうん！　料理頑張ったごほうびだよね！　まあ、まだ全部は終わってないけど」

どちらからともなく笑い合う。おいしいお菓子に救ってもらえたのだろう、自然と笑顔になれたことにほっとした。

心をざわつかせた言葉のことは、今は忘れよう。もう一度かじったクッキーは、噛むたびに口の中で気持ちいい音を立てた。

おしゃべりに花を咲かせているうちに具材は煮上がったらしい。落し蓋を取ると、白い湯気の下から温かそうな野菜と肉が覗いていた。なんだか違和感を覚えてよく見ると、どうにも色が薄い気がしてならない。きちんと味がついているのか、さくらにはわからなかった。

「ねえさあちゃん、なんか色薄くない？」

璃子も同じことを思っていたらしい。二人は顔を見合わせ、レシピを見返す。記された分量通りに作ったはずなのに色が薄い原因がわからない。肉じゃがはもっと茶色いもののはずだ。

「薄いと思う……これ、醤油足した方がいいのかな？」

「だよね、入れちゃおうか！　色がつくまで入れても大丈夫だよきっと」

そう言うと、璃子は醤油をおたまになみなみと注いで鍋に足し入れた。これで色が変わるだろう、としばらく待ってみたけれど、肉じゃがの色はほとんど変わらない。不安になった二人は再び顔を見合わせ、璃子は母を呼んだ。璃子の母は味見をし、そばにあった醤油のラベルを見て目を丸くした。

「あら、これ薄口醤油よ。どれくらい入れたの？」

「レシピ通りに入れて、あとでおたま一杯くらい足した！　だって全然色がつかないんだもん」

「そっかあ。これはね、色は薄くても普通の醤油以上にしょっぱい醤油なんだよ。ちょっと味が濃くなりすぎちゃったね」

思いがけない衝撃を受けた。薄口醤油など聞いたことがない。醤油は色が濃いものしかないと思っていたのに。

「えーっ、じゃあほんとは色ついてなくても大丈夫だったってこと？　ママ、それなら先に教えてよお」

「ごめんごめん。ほら、ちょっと味見してごらん。醤油の味が強くなっちゃってるの。ほんとは先に味見できたらよかったんだけど、これも勉強だね」

差し出された小皿を受け取り、注がれた煮汁をそろそろとすする。具材の香りや風味がわからないほどのしょっぱさが舌に突き刺さった。食べられないほどではないけれど、思っていたよりとがった味になっている。途方に暮れたさくらの視線の先で、璃子も困った顔をしていた。

「どうしようママ、これもう食べられないの？」

「そう思う？　でも大丈夫。じゃがいもはまだ残ってたよね、何個か持ってきてくれるかな」

　新しいじゃがいもを手渡すと、璃子の母は慣れた手つきでじゃがいもの皮を剝き、乱切りにした。それからボウルに移し、ラップをかけレンジに入れる。そしてレンジが動いている間に、汁けをきって具材だけになった肉じゃがをマッシャーで手早く押し潰していった。

「ママってば、ぐちゃぐちゃにしたら食べられないじゃん」

「慌てないの。まだ途中だから、ちゃんと見ててね」

　さくらと璃子がはらはらしながら見ていると、璃子の母はレンジで蒸しあがったじゃがいもを潰して肉じゃがと一緒に混ぜた。ボウルには肉じゃがの成れの果てがこんもりと盛られている。璃子の母が見せる手際のよさに思わず見とれてしまった。

「さあ、今から肉じゃがをコロッケにリメイクするよ。衣の準備をするから、二人とも手伝ってね」

「リメイク？　これ、コロッケになるの？」

「そう、煮物から揚げ物に大変身。味が濃くなっちゃった肉じゃがをみんなで復活させてあげましょ」

味付けに失敗した料理の復活など本当にできるのだろうか。璃子も目をぱちくりさせている。コロッケになろうとしている肉じゃがの山をもう一度見た。

魔法がかかる瞬間を見られるのかもしれない。さくらの目は輝いた。ひとつの料理が新しく生まれ変わる場に立ち会うのだと思うと胸が高鳴る。料理は一度作ってしまったら、うまくできていなくてももう直せないとばかり思っていた。さくらにとって、料理のリメイクは目からうろこの発想だった。

璃子の母に教わりながら形を整えたコロッケのタネに、さくらは粉をつけてバットの上に並べていった。それを璃子が卵にくぐらせ、璃子の母がパン粉をつけて揚げていく。料理のリレーをしているようで、さくらの心はうきうきと弾んでいた。

自分の家でもこうやって母と料理ができたら――そんな思いが一瞬よぎる。けれど、その想いには気がつかなかったふりをした。

「はい、できました。ソースは付けずにそのままでどうぞ」

大皿の上に、ふっくらときつね色に揚がったコロッケが綺麗に並んでいる。ひとつ小皿に移して、箸で半分に分けて口へと運んだ。熱い油のしみ渡ったパン粉の香ばしさが鼻をくすぐる。揚げたてだけの、幸せな匂いだ。

璃子の母が言った通り、コロッケにはもうしっかりした味が付いていた。けれどリメイク前に味見したときのようなとげとげしさはなく、どこかほっとする優しさで満たされるようだった。

「えっおいしい！　なんで？　ママ、これほんとにさっきの肉じゃがだよね？」

「そうだよ、自分でコロッケの形にしたじゃない。リメイクっておもしろいでしょ」

「ほんとにおいしいです。もうだめだと思ってたのに。すごいなあ……」

「ちょっとくらいの失敗なら大丈夫。手を入れてあげればおいしく生まれ変わるんだよ。それにしらたきが入ってなかったからやりやすかったよ、璃子の好き嫌いに救われたかも」

食卓は笑顔にあふれていた。初めに口をつけたときよりも大きくコロッケにかじりつく。醬油の風味が効いたじゃがいもが口の中でほどけ、少し大きめの牛肉が残った。よく嚙むと、醬油の陰に潜んでいた甘さがほんのりと顔を覗かせる。これは細かくなって紛れていた人参と玉ねぎの味だろう。

さくらの口の中で、いろいろな味が同時に騒ぎ始めた。パーカッションが一斉に鳴り出したかと思えるほどにぎやかで、けれどばらばらの雑音にならずにまとまっている。こんがりとした衣もほっくりとした中身も、食感がまるで違うのにけんかをしないで手を繋いでいるのだ。いつも家で食べる、少しくったりした惣菜のコロッケとはまるで別物だった。

「失敗したと思ったけど、復活できてよかったよね。私、肉じゃがコロッケなんて食べたことなかったよ」

「だよね、ママがいなかったらどうなってたかわかんないよ！　でもあたしたち、途中まではいい感じだったよね！」

「うん。味付け以外はちゃんとできたよね。また一緒に作ろう、璃子ちゃん」

さくらがそう言うと、璃子はなにか言いづらそうに言葉を選ぶ素振りを見せた。

「それなんだけどさ……ママに言われたんだけど、さあちゃん、そろそろ受験近いしあんまり料理してる場合でもなくない？　料理はまたいつでもできるしさ、一緒にやるのは中学生になってからにしといた方がいいかなって」

揚げたてのコロッケがゆっくりと冷めていくように、さくらの表情は頼りなく固まっていった。

「あたし料理はママに教えてもらうし、一緒にやるのはさあちゃんの受験終わるまで待ってるよ。さあちゃんもちょっと料理するの休憩してもいいんじゃない？」

そうだね、とだけ答えて食べかけのコロッケを口に詰め込む。尖った衣が口の中を引っかいた。コロッケの味は変わらずおいしかったけれど、璃子の言葉はさくらの心にすり傷のような痛みを残したままなかなか消えなかった。

自宅までの帰り道を、すっかり重たくなった心を引きずりながら歩いた。お土産に包んでもらったコロッケとクッキーまでもが重く感じる。璃子と一緒に料理できるのがずっと先になることも寂しかったけれど、なによりも母親から料理を教えてもらえる璃子が羨ましくて仕方がなかった。

「……なんか疲れたな」

無性に、甘いものが食べたくなった。道端で立ち食いなんて行儀が悪いけれど、今のさくらにとってはどうでもいいことだった。足を止め、手探りで取り出した袋には〈コーヒー〉と書かれたシールが貼られていた。

コーヒーなんて飲めないのに。ため息をつきながら封を切り、半ばやけ気味にかじる。苦味は不思議となかった。鼻を駆け抜けた深い香りは、晩ごはんのあとにいつもキッチンから漂うものと同じだった。セピア色の喫茶店の風景まで瞼の裏によみがえる。

「おいしい……」

コーヒー味のクッキーをすんなり受け入れられたのが驚きだった。苦いばかりかと思っていたのに甘くて温かい。意外な味わいを楽しんでいる自分に気づき、はっとして手の中のお菓子を見つめる。

（意外って言われるの、あんまり気にしなくてもいいのかな）

ぼんやり浮かべた考えを、口いっぱいに広がる香りと一緒に飲み込む。コーヒーを飲みながら笑う母の顔が思い出され、涙が出そうになった。

さくらは夕闇の色に溶けて沈んだ道を一歩ずつ踏みしめた。頰をかすめる風はすっかり秋の色をなくしていた。

帰宅後、食卓についたさくらの気分は晴れなかった。同じように、泉の顔にも明るさはなかった。二人のあいだには肉じゃがコロッケと、泉が買ってきたフライドチキンにカット野菜サラダ、それからさくらが作ったオムレツが並び、その上に見えないもやが重苦しく漂っていた。さくらのオムレツは可もなく不可もなく、といった出来だった。しきりにコロッケに視線を送る母に、さくらはできるだけ自然な口調で声をかけた。

「お母さん、このコロッケ、ソースいらないの。そのまま食べてもちゃんと味がするよ」

「……わかったわ。いただきます」

浮かない顔の泉がコロッケを箸で割って口に運ぶ。なんとなく目が離せなかった。少なめによそったご飯をせわしなく嚙みながら、さくらは母の様子をちらちらと窺った。

「和風の味なんだね。いいんじゃない？」

素っ気ないけれど好意的な感想に、胸を撫で下ろす。

「もともとは肉じゃがだったから。味付けに失敗しちゃったんだけど、璃子ちゃんのお母さんが直してくれてコロッケになったの」

母娘の目がばちりと合った。冷たく射抜くような視線を送られ、さくらは戸惑った。母の機嫌を損ねてしまったのだろうか。

「……そう。うまくいってよかったね」

しばらく経ってから返事をもらう。落ち着きを装った声の母が、下唇を嚙むところをしっかり見てしまっていた。

もらってきたコロッケを見せたときの、母の表情が頭にこびりついている。どうしてそんなもの持って帰ってきたの、とでも言いたげに、泉はあからさまに顔を引きつらせたのだった。怒っているというよりも、怖がっている風に感じられた。大歓迎はされないだろうと薄々想像してはいたけれど、ここまで嫌がる素振りを見せられてしまうのはつらい。

「作るのけっこう難しかったけど、璃子ちゃんと一緒だったからあっという間だったの。璃子ちゃんのお母さんにも手伝ってもらって、みんなでコロッケの衣をつけたんだ。ひとりでするよりずっと楽しかったの。だから……」

先を続けようかどうか、少し迷った。けれどずっと言いたかったことを母に伝えたい。伝えるなら今しかないような気がする。

それに――今の自分なら、素直に言いたいことを言えるはずだ。これまでのおとなしいばかりの自分なら黙ってしまっていただろう。けれど、もう違う。

「お母さん、私も璃子ちゃんみたいに、お母さんと一緒に料理がしたい」

母が息を呑む音が聞こえた。言い終えたさくらの耳に鼓動が響く。璃子と璃子の母を引き合いに出すなんてずるいかもしれないけれど、そうでもしなければうまく言えそうになかった。茶碗に落としていた視線を持ち上げ、ゆっくりと正面に合わせる。

眉をハの字に下げ、視線を卓上のあちこちに投げている母の顔がそこにあった。それを見たさくらの心がチクリと痛む。失敗した、そう直感が告げていた。

「ごめん、それは私にはちょっと無理かもしれない」

聞きたくない言葉が返ってくることは覚悟していた。それでも、いざ実際に言われるとなるとますます胸が締めつけられる。勇気を出して投げた言葉は届かずに拒まれてしまった。

持っていた茶碗を静かに置いた。怒りよりも悲しみよりも、ただひたすらに寂しさばかりが押し寄せていた。

「そっか……でも、今すぐじゃなくても、いつかでいいから……ごめんね、お母さん」

困り果てた母の姿にいたたまれなくなり、思わず謝ってしまった。泉は肘をつき、口元を軽く押さえていた。なにかを迷っているようにも見える。けれどそんな様子など気にしていられなかった。無理だと言われた事実にただ心をえぐられていた。

「できたらそのことは忘れてほしいかな……期待は、しないで」

追い打ちをかけられ、いよいよ悲しみに呑まれた。母の声は押さえつけてくる強いものではなく、弱々しく揺れて頼りなかった。さくらも力ない返事を送ることしかできなかった。

食卓を包む沈黙がひりひりする。さくらはコロッケを半分に割り、さらにもう半分に割ってそろそろと口に入れた。璃子にとっては幸せな家庭の味なのだろう。けれど自分にとっては、かつてないほど苦い思い出になってしまった。おいしいからこそ憎らしい。

本当に取り返しがつかなくなるほど醤油を入れすぎてしまえばよかった。そんなことまで考えながらコロッケを嚙みしめた。面と向かって話してみてもだめなのだから、もうなにをやっても母の気持ちが変わることはないだろう。

料理を続けることに意味はあるのか。自分はなんのために頑張ろうとしているのか。苦々しい思いで、オムレツの切れ端をつまみ上げて口に放り込む。

(なんか固い。形もぐちゃぐちゃでちゃんと包めてないし、昨日より下手だ)

オムレツを作り始めてからそれなりの日数は経っている。なのに思ったほど上達できていないのが悔しかった。納得のいくオムレツが作れないままやめてしまったら、今までやってきたことが無駄になってしまう。そんなのは嫌だ。

母の心を動かせなかったとしても、せめてオムレツ作りだけはやり遂げよう。さくらは沈痛な気持ちの中で意志を固めた。

自分ひとりで自分のために頑張るしかない。今は璃子も母も応援してくれる存在だとは思えなくなっていた。もはや意地でしかなかった。

どうしたらオムレツをもっと上手に焼けるのか。さくらの頭の中はそのことでいっぱいになりかけていた。両親にオムレツを食べてもらう、それを実行に移す日はじっくり考えた末に決めてあった。けれど完成度の高いものを作る技術がまだ身についていない。なんとか間に合わせたいけれど、このままでは時間が足りないかもしれない。日を追うごとに焦りばかりが募っていった。

分厚い雲が重く広がる空の下、傘を持っていないさくらは学校からの帰路を駆けていた。急いでいたのは雨に降られたくないからだけではなかった。家に着くと、ランドセルを自室のベッドに放り投げてリビングへ向かう。部屋の電気をつけるより先に押したのはパソコンのスイッチだった。

オムレツ作りの動画をインターネットで見たいと申し出たとき、泉はあからさまにうんざりした顔をさくらに向けた。けれど自分がいるときだけという条件で、パソコンを使ってもいいと許可してくれたのだった。

約束を破ってひとりでパソコンを使うのは初めてではない。起動時のパスワードが母の誕生日だということも知っている。罪悪感がなかったわけではないけれど、動画を少し見るだけだからと自分に言い訳をしてパスワードを入力した。

ブックマークしてある有明亭のホームページを開き、もうどれだけ見たかわからない動画を再生する。ほんの二分ほどの動画の中で、卵は魔法のように姿を変えながらあっという間につやつやのオムレツになった。いつ見てもため息が出る、素晴らしい仕事だった。

けれどさくらには何度見てもよく分からない部分があった。途中で返す方法だ。フライパンを大きく振った力で宙返りさせているとしか思えないけれど、こんなことをしたら外に飛び出してしまいそうだった。なによりもまず腕の力が足りなくて、フライパンを振る動作自体が難しい。

「でも、これができたらきれいに裏返せそう……」

さくらは宙返りを試そうか迷った。フライ返しで裏返すといつもどこかが破れてしまい、なかなかきれいな形にならない。そのことでもう何週間も悩んでいた。

「やってみたらできるかも、だよね」

自分にできるとは思えなかった。だからこれまでも試さなかったのだ。けれど、結局はプロのやり方を真似するのが一番の近道に思える。何事もチャレンジだと自分に言い聞かせ、さくらはオムレツ作りの準備に取りかかった。

フライパンにバターを入れ、温めている間に卵を割り、塩コショウを加え、ムラなく溶きほぐす。練習を始めた頃に比べれば手際はかなりよくなっていた。バターの様子を確認してから卵を注ぎ入れて混ぜるところも順調だった。

ここまではいつもうまくいく。問題はこのあとだった。フライ返しで卵を奥に寄せ集め、フライパンを持ち上げて少し前後に揺すってみる。卵はふるふると揺れてフライパンの中を滑るように動いた。

これならいける。そう直感したタイミングで、意を決してフライパンを真上にはね上げた。

卵は空中で裏返り、焼けた面を上にして着地する。そのはずだった。けれど自分の想像よりも少し高く、少しずれて宙に浮いた卵をさくらは見た。

（まずい）

そう思ったときには遅く、卵はべしゃりと音を立ててＩＨコンロに叩きつけられた。かろうじてフライパンで受け止められたのは半分足らずだった。

「だめだこれ……こんなの無理だよ」

フライパンを置いて吐き捨てた。卵は裏返りすらしなかった。それに、落ちてしまった卵はもう食べられない。こんなに難しいだなんて思ってもみなかった。塾の時間が迫っているから早く片付けたいのに、スイッチを切ってもコンロが熱くてなかなか触れなかった。急がないと遅刻してしまう。

「やらなきゃよかった……」

母に黙ってパソコンを使ったばちが当たったんだ。恥ずかしさとみじめさがまとわりついて離れなかった。なにもかもに嫌気が差したまま、フライ返しを使ってかき集めた卵をビニール袋に突っ込む。フライパンに残っている卵も見たくなくて一緒に捨てた。コンロを拭いて調理器具をシンクに放り込み、そのまま慌ただしく塾に向かった。誰もいなくなったリビングで、パソコンの画面が冷たく青白い光を放ち続けていた。

光希先生の授業はまるで他人事《ひとごと》で、ちっとも頭に入ってこなかった。捨ててしまったオムレツのことが頭から離れない。落としてしまったものは仕方ないけれど、フライパンの中に入っていた部分は問題なく食べられたのだ。食べ物を粗末にしてはいけないと教わってきたのに、作っておいて食べずに捨てた自分が嫌で仕方ない。料理をする資格なんて、自分にはもうないのではないか。

「さて、今日の授業はここまでです。このあと、前回やった模試の結果を返します。名前を呼ばれたら取りに来てください」

少し大きくなった光希先生の声に顔を上げた。塾では毎月模試を行っている。今回返される模試は合格判定がとても重要とされているものだった。教室の空気がいよいよ張り詰める中、さくらは特に緊張もせず名前を呼ばれるのを待っていた。前回の模試でもいつも通りの手応えを感じていたし、苦手な科目もない。思い当たる反省点はどこにもなかった。

「室本さん」

はい、と答えながら前へ進み出る。結果を受け取ってそのまま戻ろうとすると光希先生に呼び止められた。

「室本さん、今回調子悪かった？　気になることがあったら話してね。受験直前だし、ペース崩れるといけないからね」

まさか、と結果の紙に目をやる。途端に顔から血の気が引いた。なにかの間違いであってほしいと思うほど、信じたくない現実がそこに刻まれていた。

動揺を周りに気づかれたくない。できるだけ普段通りの表情を装う。振り返って真っ先に目が合ったのは薫だった。薫の勝ち誇った顔を直視できずにがっくりと肩を落とす。誰にも見つからずに消えてしまいたい気持ちでいっぱいだった。

「室本さん」

帰り支度をする生徒たちがざわめく教室で、薫の声だけがはっきりと聞こえてしまった。誰よりも早く教室を出ようとしたのに、逃げられなかった。薫はさくらを呼び止めるためにわざわざ近づいてきたのだ。

「……もう帰るから。またね」

「逃げないでよ。室本さん、今回だめだったみたいじゃん？　私が前に言った通り、油断しすぎなんじゃない？」

薫の言葉は深々とさくらに刺さった。避けたかったけれど、避けてはいけないのだとわかっていた。

「私はちゃんと結果出したから。もっと上に行きたいし、もう室本さんのことなんか気にしてる場合じゃないかもね。志望校変えるなら今のうちだよ。それじゃ」

悔しさと情けなさではち切れそうだった。はっきりと見下され、馬鹿にされた。けれどこれは自分が過ごしてきた日々に対する答えなのだ。そう思うと言い返すことなどできるはずもなかった。

塾を飛び出し、駆け出そうとしてすぐに足を止めた。帰ったら母に模試の結果を報告しなくてはならない。こんな結果を見せたらなにを言われるか――そんなこと、わかりきっている。

帰りたい気持ちと帰りたくない気持ちのあいだで揺れるさくらの顔に、ひどく冷たい風が打ちつけた。ようやく覚悟を決めた頃には、身体はすっかり冷えきっていた。

暖かいはずのダイニングに漂うのは凍てついた空気だった。おびえる子ウサギのような心持ちでさくらは座っていた。向かい合う泉は冷ややかな目つきでさくらを見ている。お互いに黙りこくったまま時間だけが流れ、耐えがたさに溺《おぼ》れそうになりながら細く呼吸することしかできずにいた。

「パソコン、ばれなければ私に黙って使っていいと思ってたの？」

よどんだ水に石が乱暴に投げ込まれた、そんな心地だった。泉の声から感じられるのは怒りだけだった。

「……ごめんなさい。もう勝手に触りません」

「これからは使うのも禁止。約束を守れなかったんだから当たり前よね」

もうオムレツの動画は見られないということだ。なんとか弁解したかったけれど声を出すことはできなかった。パソコンの電源を切り忘れて家を出た日に限って、母の帰宅が早かったのは運が悪かった。けれど約束を守ってさえいればよかったのだ。悪いのは自分だと、嫌というほどわかっている。

「それから、もうひとつ。成績が落ちたら料理はやめさせるって言ったの、忘れてないよね？」

消え入りそうな声で「はい」と答える。

「勉強の時間削ってまで毎日卵焼いて、私の目を盗んでパソコン使って、友達の家に料理しに行って。で、その結果がこれ。わかってる？」

目の前に突きつけられた紙をおそるおそる受け取る。もう二度と見たくない、けれど受け取らないわけにはいかなかった。紙を開いて合格判定の欄をちらりと見やると『B』と印字されている。ずっと『A』を取り続けていたのに、このタイミングで判定が悪くなっているのだ。合格が望めないわけではないけれど、こうしてはっきり見せつけられるのはただただつらかった。

「この時期に伸びる子と伸びない子では受験本番の結果も全然違うからね。今までがよくても、直前になって負けたらなんの意味もないでしょ？　本番まで一ヶ月ちょっとしかないのに、こんなことで合格できると思ってるの？」

模試の結果をさくらに渡した泉はキッチンへと入っていった。しばらくしてケトルに水を入れる音が聞こえてくる。夕食前なのにコーヒーを淹れるつもりだ。母はかなり苛立っているのだろう。

さくらは逃げ出したい気持ちをこらえて自分の成績をしっかりと見つめた。点数だけを見れば、過去の模試と比べても大して変わっていない。けれど総合順位と偏差値は落ちている。他の生徒に抜かされたということだ。

対抗心を隠そうともしない薫の姿が脳裏をよぎった。本気で合格するのだと宣言した薫の覚悟は本物だったのだ。

「でも見てよ、点数は落ちてないよ。私ずっとこれまで通りに勉強してたんだよ。勉強時間を減らしたんじゃなくて、寝る時間を三十分だけ遅くしてたの」

置かれた状況を理解してはいたけれど、なんとか取り繕おうとした。自分の成績がひどく落ちたわけではなく、周りが上がっただけなのだから見逃してもらえるかもしれない。

「順位が落ちてるんだから点数が同じだろうと関係ないよ。いい？　平均点が上がってるから偏差値が落ちたの。みんなが点数を取れる試験だったってこと。それなのにさくらはいつもと同じなんだから、成績が落ちたのと変わらないじゃない」

母の目はごまかされなかった。そんなのずるい、と心の中で毒づく。元々の点数は維持しているのに、後から伸びてきた者がいるだけで成績が下がったことになるのが理不尽でたまらない。こんな形で料理をやめさせられたくない。

「じゃあ来月の模試は塾の上位者名簿に名前が載るように頑張る。勉強の時間も一時間増やすよ。だから料理はもう少し続けさせてほしいの、お願い」

　必死で食い下がった。塾の模試では総得点順位の上から十パーセントを発表する成績上位者リストがあり、それは毎回廊下に大きく貼り出される。塾に通っている誰もがそのリストに自分の名前を載せようとしのぎを削っていた。さくらも過去に何度か名前が載ったことがあり、薫からの視線を強く感じるようになったのもそれからだった。

　どんなに料理を続けたくても、この状況では聞き入れてもらえないかもしれない。けれどまだ終わるわけにはいかない。勉強も料理もきちんと結果を出せるのだとどうしても証明したかった。

「約束が違うでしょ。さくらの成績が落ちたことは数字として証明されたんだから料理はやめてもらいます。お父さんに聞いても同じ答えだと思うよ」

「でも、」

「でもじゃないでしょ！」

　衝撃がさくらを貫いた。大きな声を張り上げた泉が、カウンター越しにさくらを強く見据えていた。母に怒鳴られたのはいつぶりだろうか。動けないでいるさくらに向かって、泉はさらに続けた。

「パソコンといい成績といい、約束もろくに守れないの？　前はこんなことなかったのに、料理始めてからおかしくなったよね。そろそろ現実を見て受験に集中しなさい。だいたいね、前からずっと言いたかったけど料理料理って一体なんなの？　私が作らないことに対する当てつけのつもり？」

すう、と体温が下がる感覚にとらわれ、さくらの顔から表情が消え失せた。それと同時に、泉の顔に焦りの表情が浮かぶ。

あ、と小さく呟いた母の声を聞き逃さなかった。けれどそんなことに構っていられる余裕はなかった。

コツンと投げ込まれたひと粒が、心に積もり積もった小石の山をがらがらと崩していく音を聞いた。両親との約束も挑戦のための覚悟も、なにもかもが激しく暴れ回る感情に呑み込まれていく。

さくらは乱暴に席を立った。椅子が倒れて耳障りな音を響かせる。泉の肩がビクッと震えた。

「……そうだよ。お母さんわかってたんだ。じゃあごはん作ってくれればいいじゃん。でもやらなかったよね。ううん、やらないんじゃなくてできないんだ。そうでしょ？」

泉の表情からも色が抜け落ちた。下唇が震え、なにかを言おうとしているようだった。そんな母の顔をにらみつけ、口を挟ませてたまるかと言わんばかりに大きな声で言い放つ。

「私、お母さんの作ったごはんの味なんて知らない。友達はみんなお母さんやお父さんの作るごはん食べてるのに、私はいつもお惣菜かお店のごはんばっかりじゃん。みんなと違うんだよ。栄養摂れてたらいいって言ってたけど、ほんとにそうなの？」

決壊したダムのように、言葉が激しく流れ出す。もう止められなかった。

「それでいいのかなって思ったから、自分で作ろうって決めたんだよ。私だけでできないことはお母さんにもやってほしかった。だから味噌汁作ったときに手伝ってって言ったのに、お母さんほんとにちょっとしかやってくれなかったじゃん。コロッケのときだって、一緒に作ろうって言ったのにお母さんなんにもしてないうちから無理って言ったよね。それでわかったよ、お母さんって料理できないんだって。作るのが面倒とか嫌いとかじゃなくて、最初から料理を作れないんだって」

「さくら、待って、落ち着いて」

母が必死で制止する声を振り切り、両手で耳を塞いだ。

「お母さんが料理できないことが嫌なんじゃない。チャレンジしないことが嫌なの。私が料理を頑張ろうとしてるのもおもしろくないんでしょ。全然応援してくれないし反対ばっかり……今回だって、成績思ったより悪かったからちょうどいいと思ってるんでしょ。だったらもういい、やめてあげる」

自分の声が耳の奥にひどく響く。頭の中がぐちゃぐちゃになりそうだった。いよいよしっかりと母の顔を凝視する。泉はさくらから目を逸らし、シンクに視線を落としたまま立ち尽くしていた。そういえば、塾に行く前に使ったフライパンを洗っていなかった。使いっぱなしの道具を見た母は小言でもよこしてくるだろうか。けれど、今はそれさえもどうでもいい。

「お母さんなんて、大っ嫌い」

言い捨てて廊下に続く扉を大きく開けた。そのまま立ち去るつもりで、それでもやっぱり母の反応を確かめたくて振り返る。泉は相変わらずシンクを見つめていた。さくらの言葉が届いているのかもわからない。なにも言わずぼんやり突っ立っている母への怒りがこみ上げ、くるりと踵《きびす》を返すと自室へ駆け込み乱暴に扉を閉めた。

こうすることしかできなかった。本当はけんかなどしたくなかった。けれど長い時間をかけて溜め込んだ暗いもやは、これ以上ひとりで抱えていられないほどに大きくなってしまっていたのだ。

お母さんだって、言いたいことがあるなら言い返してくれればよかったのに。自分が言いたい放題に騒いだだけのようで、それもおもしろくない。

壁際で沈黙しているピアノにそっと触れる。六年通い続けた教室は中学受験を機にやめた。それまではほとんど毎日弾いていたピアノだった。

「私だって、やりたいこと犠牲にしてきたの」

低くうめくように呟いて、ピアノの蓋を上げる。勝利を確信したに違いない薫の顔を忘れることはできそうになかった。

負けたくなかった。けれど、今回は負けたんだ。ずっと油断していたからだ。もう勝てないのかもしれない。

昂《たかぶ》る心を押し込めながら鍵盤を鳴らす。

指の記憶に任せて走らせる。

駆け巡る。速度が上がる。のめり込む。

さらに激しく。叩き込む。荒れ狂う。

指がもつれる。踏み外す。

音が止まる。

右手を力任せに鍵盤に叩きつけた。耳障りな不協和音が鼓膜の芯を震わせる。自分はこのピアノと同じだ。ゴールに辿り着けないまま途中でぐちゃぐちゃに乱れてしまう。料理でも同じことになってしまった。うまくいく感触を摑めていたはずなのに、いつの間にか手の中からするりと消えてしまっていた。

オムレツは落として捨てた。成績も悪くなった。母が変わることもないだろう。全てが失敗だ。一度だめになったら、なにもかもおしまいだ。

さくらは唇を嚙み締めて鍵盤をにらみつけた。もう全部どうでもいい。そんな気持ちだけがさくらの心を埋め尽くしていた。

Step 6 包み込む

父の運転する車が長い渋滞を抜けるまでにきっかり二時間かかった。うんざりで埋め尽くされた高速道路を降りると、今度はひとつの信号にも停《と》められずにするりと走り抜けていく。それまで足踏みしていたのが嘘かと思うほど、車は軽快に家族を運んだ。

祖父母が待つ家に着く頃には、夕日は低い山々の向こう側にすっかり隠れてしまっていた。玄関を開けるとたくさんの靴が所狭しと並べられている。茶色のブーツと赤いラインの入ったスニーカーを見つけたさくらは急いで家の中へ向かった。

「ごめんなさい、道が混んでて遅くなっちゃって」

泉が慌ただしくリビングへと滑り込む。さくらもあとに続き、しばらく会っていなかったいとこたちの顔を見つけると笑顔で手を振った。

「琴乃《ことの》ちゃん、航輔《こうすけ》、ひさしぶり！」

「さくら遅すぎ。なにやってんの、もう紅白始まってる」

「うわあ、さくらじゃん！　めっちゃひさしぶり、また身長伸びた？　抜かれたらどうしよう」

一斉に喋り出した三人はくつくつと笑い合う。きょうだいのいないさくらにとって、いとこの琴乃と航輔は本当の姉や弟とも言えるほど大事な存在だった。遠方に住んでいるために年に数回しか会えず、だからこそさくらはこの年末を楽しみにしていたのだった。

「さあさあ、そんなとこに立ってないで座りなさいね。みんな揃ったことだし、そろそろ晩ごはん始めようかね」

祖母の恭子《きょうこ》が、底の平たい鍋を運んできてカセットコンロに置いた。あたりには肉の匂いがぷんと漂う。けれど覗き込んだ鍋の中は空っぽで、ただてらてらと脂っぽく光っているだけだった。

「お鍋もう熱くなってるから触らないのよ。火傷するからね」

はあい、と祖母に返事を投げ返した。車の中で酔わないようにとなにも食べずにいたから、いよいよ始まる食事の時間が待ち遠しい。大みそかに大勢で集まり食べるすき焼きは毎年恒例のごちそうで、これも楽しみにしていたもののひとつだった。

大きな一枚板の座卓に銘々皿や箸が配られ、夕飯の支度はすっかりできあがった。母と伯母が鍋に入れる材料を運んでくると、祖母は斜めに切られた長ねぎをざるから取り出して鍋に入れていく。長ねぎに火が通るにつれて、少し癖のある透き通った香りが辺りに広がっていった。待ちかねて祖母に尋ねる。

「ねえおばあちゃん、そろそろお肉入れてもいい？」

「そうだね、もう入れていいよ」

子どもたち三人はわっと押しのけ合い、取り分け箸の争奪戦を始める。真っ先に箸をつかんだのは航輔だった。肉を入れる権利を勝ち取った航輔は得意げな顔で牛肉を鍋に放り込んでいく。どっさり入った薄切り肉の上には琥珀色《こはくいろ》の割下が注がれ、鍋に触れた先からぐつぐつと泡を吹いた。待ちきれず早々と取った肉は赤みが残っているけれど、このくらいどうってことはない。

「いただきます！」

「はいどうぞ。お肉いっぱい用意したから、たくさんお食べ」

柔らかい牛肉を、溶き卵に絡めて口へ運ぶ。途端に口の中いっぱいに熱い波が押し寄せた。噛めば噛むほどしみ出す脂はしつこさがなく、いくらでも食べてしまえそうなほどおいしい。甘めの割下と卵もぴったりの相性と言っていい。

　壮大なオーケストラと合唱が奏でる交響曲が頭の中で響きわたる。すき焼きはこの曲と同じように、年末にふさわしいごちそうに違いない。けれど今は頭の中の音に耳を傾けるよりも、目の前にある牛肉を満足いくまで食べてしまいたかった。肉を鍋に入れ、取り出して卵につけ、口いっぱいに頬張るのを何度も繰り返す。よく噛んでいたいけれど次を食べるまでの時間が惜しく、かといってすぐに飲み込むのはあまりにももったいない。これほど贅沢な悩みもそうはないだろう。

「おいおい、肉しか食べてないじゃないか。こっちも食べなさい、いろんなものを一緒に食べるのがうまいんだからな」

　そう言う父の手によって、子どもたちの鍋には白菜やごぼう、しいたけに春菊、結びしらたきと焼き豆腐が入れられた。具材が煮えるまでは肉も入れられず、食べられるものがない。さくらはぷつぷつと泡を浮かべる炭酸ジュースを勢いよく飲んだ。喉から耳の裏まで響く刺激が気持ちいい。

「おばあちゃん、いつものあれがないよ！　今日は入れないの？」

　琴乃の言葉に、祖母は首を傾げた。そういえば、とさくらも祖母に視線を送る。

「あれってなんだったかね。ええと……ああそうだった、用意したのにすっかり忘れてたよ。今持ってくるからね」

食卓とキッチンを足早に往復した祖母の手には、ざるに入れられた短冊切りの油揚げがあった。鍋の隙間に詰め込まれた油揚げは野菜と一緒に煮込まれていく。しばらく待っているとほんのり色がしみてきて、すっかりおいしくなっているとひと目でわかる。

この油揚げを食べると、いつもと変わらない年末なのだと実感して安心できた。肉や野菜の味がしみ出した割下を吸って重たくなった油揚げは、卵につけるのももちろんおいしい。けれどさくらのお気に入りは、豆腐や長ねぎと一緒に割下の味だけで食べるスタイルだった。

「それにしたって、油揚げの入ったすき焼きって珍しいですよね。私、結婚するまで食べたことなかったんですよ」

やや遠慮がちに泉が口を開くのを、さくらは横目でちらりと見た。

「泉さんの油揚げ談義も年末の風物詩だねえ。これは私のふるさとの味なんだよ、だから昔からすき焼きに油揚げが入ってるのが当たり前だったの。って、ここまで話すのが毎年恒例の流れかね」

祖母がにこにこと笑う。母は照れた顔で笑いながら、先を続けた。

「最初は意外すぎてちょっとびっくりしちゃったんですよ。食わず嫌いっていうのかな、聞いたことないからほんとにおいしいの？　って思っちゃって。でも食べてみたらすごく合っておいしくて、それにまたびっくりしました」

「食わず嫌いはもったいないね。食べないうちに決めつけたら損しちゃうでしょう？　でも気に入ってくれたならよかったよ」

母と祖母の会話を聞きながら、なんとなく鼻白んだ気分になった。わざわざ毎年言うようなことでもないのに、他に話題がないのだろうか。

「お母さんが知らなかっただけでしょ。私にとっては普通だよ。すき焼きに油揚げって別に意外でもなんでもないけどな」

思わず嚙みついてしまった。椅子を蹴り倒して大声を上げたあの日以来、母とはずっとぎくしゃくしていた。必要な会話以外で目を合わせることもなく、特に態度を変えようともしない母に対してさくらはずっと苛立っていた。

「そんな言い方しなくてもいいでしょ。意外だと思ってなにが悪いの？　おいしいと思ってるんだからいいじゃない」

娘の言葉にカチンときたらしく、泉はつっけんどんな言葉を投げ返してきた。さくらもムッとしながら言い返す。

「だって油揚げのこと、いつもいつも変わってるって言ってるじゃん。一回聞いたらみんな覚えるよ。あんまりずっと言ってると嫌いなのかなって思えてくる」

「嫌いだなんて言ってないでしょ。なんでそんな受け取り方するの？　初めて食べたときの味に感動して、それが印象に残ってるからつい話したくなるだけなのに」

　不機嫌をあらわにした泉はそのまま言葉を続けた。

「なんでそんなに突っかかってくるの？　料理できなくなったからって当たらないで。成績落としたんだからしょうがないでしょ」

　突然火の粉が降ってかかり、驚いた勢いで口に入れたばかりの肉を飲み込んでしまった。

「なんで、ってこっちのセリフだよ。そんな話しなくたっていいじゃん。なんで今言うの？」

「それは……確かにそうだけど」

「もう関係ないでしょ。今は料理やめて受験勉強だけしてる。なのにまだだめなの？」

　さくらと泉の視線がぶつかった。あたりはしんと静まり返っている。

「二人ともやめな。飯がまずくなる」

「なに、さくらとおばさんけんかしてるの？　家でやったら？」

隆之と航輔の言葉で、さくらははっと我に返った。戸惑う親戚たちの顔を見渡していたたまれない気持ちに襲われた。泉も気まずそうな顔で小さくなっている。この場で母とやり合う必要はなかった。感情に流されたことが恥ずかしい。

「さくらは料理が好きなの？」

祖母から尋ねられて戸惑った。なんて言うのが正解なのかわからない。だからといってずっと黙っているわけにもいかなかった。数秒の間を置いて、さくらはぼそぼそと答える。

「やってみたかったの。でも、もうやめちゃった。受験があるから」

その言葉が終わるのと同時に母が呟いた。

「……まったく。本当に、どうしてこうなっちゃうんだろう」

音を立てて箸を置いた。自分がした失敗を親戚にばらされたことも、みんなに暗い顔を見せないためにと無理やり気持ちを切り替えたところに水を差されたことも嫌だった。泉が最後に漏らした独り言ともとれる言葉も、自分を責めるものに聞こえてうんざりだった。

けれどこれ以上母と争う姿を見せてしまったら、楽しい年越しのための団欒が台無しになる。なんとか怒りを押し殺し、冷めきった目で泉の顔を一度だけ見てそっぽを向いた。こんな気持ちになるために祖父母の家に来たわけではない。

祖母は「そうかね」とひと言だけ口にした。気まずい雰囲気が食卓の上にうっすらと覆いかぶさっている。針のむしろに座っている気分だった。もう食事どころではない。

「……あれ？　みんな食べてないじゃん、お肉まだまだあるよ？　私はご飯と卵おかわりしよっと。ほら、さくらの分も入れとくからね。固くなる前に取りなよ！」

琴乃が薄暗い空気の膜をめくり上げ、鍋に新しい肉をどっさり追加した。

「あっ、姉ちゃんずるい！　それ貴重な黒毛和牛じゃん、俺にもちょうだい」

「あんたも食べたいの？　だったら言いなさい、うるわしい美少女の琴乃お姉様、どうかこの弟めにお肉を恵んでください、って」

「最悪。馬鹿姉に頼まなくても自分で取る」

航輔と琴乃の掛け合いが始まり、周りの注目はさくらと泉から離れたようだった。二歳しか変わらない従姉《いとこ》の機転と気遣いがありがたかった。

食卓には再び明るいにぎわいが戻り始める。さくらの話題に触れようとする者はもう誰もいなかったけれど、心に生まれていたはずの温もりはすっかり失せていた。

みかんのへたをいじりながら、さくらはテレビを無表情で眺めていた。航輔や琴乃は年末特番のバラエティにすっかり夢中で笑っているけれど、さくらの心は動かない。楽しさを感じるスイッチが切れてしまったのかもしれない。ジャージにゼッケン姿の大人たちが必死で走り回る姿を見るのにも飽きてきた頃、恭子がさくらをキッチンに呼んだ。

「これから年越し蕎麦《そば》を作るんだよ。たくさん作るから、さくらも手伝ってくれる?」

こくんと頷いた。手伝ってほしいと言われれば断るわけにもいかない。それにテレビにはすっかり退屈していたし、黙ってひとりでいるくらいなら祖母と喋っていたかった。髪の毛をゴムで束ね、手を洗って準備を済ませる。

「何をしたらいいの?」

「昆布とかつお節のお出汁をとってもらおうかね。やり方はばあちゃんが教えるから、さくらがやってごらん」

難しい問題を出された気がした。味噌汁を作ったときに使った液体味噌には、昆布の出汁が入っていると書かれていたのを覚えている。けれどかつお節は、たこ焼きやお好み焼きにふりかける使い方しか知らない。かつお節で出汁をとる方法が想像できずに戸惑い、失敗してしまわないかと不安が渦巻く。

「お出汁って、難しくない？　私でもできる？」

「大丈夫だよ。さくらならできると思ったから手伝いに呼んだんだもの」

祖母の言葉を聞き、少し緊張した顔を上げた。自分を信じてくれているのならがっかりさせたくないと気持ちをふるい立たせる。

「まず最初に、このお鍋にお湯を沸かしてくれる？　中の昆布はそのまま入れておいてね。沸騰しそうになったら教えてちょうだい」

祖母の指差す先には、水と昆布が入れられた深めの両手鍋があった。鍋を持ち上げ、コンロに乗せて火にかける。調理実習で使ったのと同じガスコンロだ。料理を始めるきっかけになった日を懐かしく思い出して切なくなる。

鍋は底の水だけが緑がかって見える。ゆらりと沈んでいる二枚の昆布は水を吸って膨れているらしく、ハンカチを四つ折りにしたくらいの大きさになっていた。

「これ、水に入れる前は小さかったんだよね？」

「そうだよ。よく知ってるねえ。さくらは昆布を使ったことがあるの？」

「昆布じゃなくてわかめを使ったの。味噌汁に入れると膨らんだから、昆布も同じ海藻だからもしかしたらって」

味噌汁のわかめを入れすぎないように、と言ってくれた母の声を思い出す。料理ができないはずなのに、母はわかめのことを知っていた。改めて考えると不思議だった。母もわかめの味噌汁を作ったことがあるのだろうか。考えを巡らせているうちに、鍋の湯はだんだん煮立ってきていた。

「おばあちゃん、そろそろ沸騰しそうだよ」

「それじゃあ一旦火を止めて、昆布を取り出して、そのあとかつお節を入れてちょうだいな。かつお節はたくさん入れて大丈夫だからね」

「わかった。いっぱい入れたら失敗しちゃうかもって思ったけど、大丈夫なんだね」

「お出汁が濃い分には構わないし、ちょっとくらい薄くても気にならないよ。もし失敗したって平気だからね。何事もやってみて覚えるものだよ」

緊張がゆっくりとほぐれていく。受け入れてくれる祖母の優しさがプレッシャーからすくい出してくれるようだった。

(そういえば、前にも助けてもらったことがあったっけ)

璃子の家で肉じゃがをコロッケに直してもらったあとで、璃子の母にも祖母と同じようなことを言われたのを思い出す。よくよく考えてみれば、料理を教えてくれる大人はみんな自分の失敗を責めずにいてくれた。

失敗しても平気なんだ。そう思ってみることにした。怖がる気持ちを追い出したさくらの目に、徐々に自信の光が宿り始める。

鍋から昆布を取り出し、かつお節のパックに手を差し込んで中身をしっかりとつかむ。鍋に落とされたかつお節は、ゆらめきながら水面に張りついた。かつお節の量はかなり多く見える。けれど祖母の言葉を信じれば大丈夫だろう。

「ありがとう。これを強めの中火にかけて、二分くらいたったらまた火を止めるよ。そのあとはばあちゃんがやるから見ておきな」

タイマーが鳴るまではあっという間だった。色付いた湯がぐらぐらと煮え立つ中でかつお節がくるくると躍る。そのさまを見ているだけで、なんだか心まで躍り出すようだった。

祖母は取手の付いた網と大きな鍋を用意していた。キッチンペーパーを敷いた網が、空の鍋の上に静かに置かれる。煮立った鍋を持った祖母が、網の上から出汁を注ぎ入れるのをじっと見ていた。

「こうやって、こし器でこしてやるんだよ。そうしたらかつお節だけが紙の上に残って、あとは綺麗なお出汁が下の鍋に落ちるんだよ」

「ろ過するってことだね、おもしろい。残ったかつお節は捨てちゃうの？」

恭子は笑顔で首を振った。

「捨てたりしないさ、もったいない。これはふりかけにするんだよ。さっきの昆布も細かく切って、醬油やごまと一緒に炒《い》ればおいしくなるんだから」

朝ごはんによく食べているふりかけご飯が思い出される。いろんな味を知っているけれど、どれもぱさぱさと乾いた小さな粒のものばかりだった。祖母が作るふりかけは具がしっかりしていて、きっと食べていても楽しいだろう。

「ふりかけも自分で作れるの？　おばあちゃんすごい！　なんでも知ってるんだね」

「だてに歳《とし》は取ってないよ。さくらも料理が好きなんだったら、もっと前からやらせてあげればよかったねえ。ばあちゃんも料理が好きだから、知ってることはなんでも教えてあげたいよ」

表情が曇った。祖母から教えてもらえることは何でも教わりたい。でも、それはもうできないだろう。行く先を失った視線の先には、火の消えたガスコンロが静かに佇んでいた。

「私も教えてほしい。でも、もう料理しちゃだめって言われたから。成績下がっちゃったし、受験勉強に集中しないといけないから」

「さくらは本当にそれでいいの？　諦めて、後悔はしない？」

出汁をこし終えた恭子が、慈《いつく》しむような視線をさくらに投げかける。答えられずにいると、恭子はゆっくりと続けた。

「さくら。今のさくらにとって、受験が本当に大事だってことはばあちゃんも知ってるよ。でもばあちゃんはね、だからと言って他のことを諦めたらいいとは思わない。さくらが受験も料理も一緒にやってみようとしたのは、何かに挑戦したかったからなんじゃない？」

「挑戦……」

調理実習で聡美先生が言った『チャレンジ』と同じ意味の言葉だった。けれど祖母が言っているのはあのときの意味合いとは少し違った。呟きながら祖母の顔をまっすぐに見る。

「そう、挑戦。やればできるって自信をつけたくて、大変な時期だけど料理にも挑戦したのかなってばあちゃんには思えたよ。それと、これもばあちゃんの想像だけど、頑張って結果を出して認めてもらいたい人がいたんじゃない？」

胸の奥が熱く震えた。料理を始めた自分の想いなどほとんど話してもいなかったのに、祖母は何でもお見通しだった。

「うん、認めてもらいたかった。お父さんとお母さんに。でも、うまくいかなかったの」

「そうかね。でも、まだ本番で失敗したわけじゃないでしょう？　取り戻せない失敗じゃないさ。成績はまだ伸びるし、料理だってできるはずだよ。ここでさくらが諦めたら、失敗はしなくても自分に負けたことになっちゃう。それじゃあ悔しいでしょ？」

鼻の奥がツンと痛くなる。これほど強く、自分の置かれた状況を吐き出したいと思ったのは初めてだった。祖母にならば言ってしまってもいいのではないか。そして祖母が自分の代わりに母を叱りつけてはくれないだろうか。祖母の力を借りて母をやり込めたい気持ちが心に満ちてくる。

「おばあちゃん、あのね、」

「みーつけた。やっぱり二人ともここにいたんだ！　お蕎麦作るんなら私も手伝うのに」

意を決して切り出そうとしたところで、琴乃がひょこっとキッチンの入口から顔を覗かせた。

間が悪かった。感情任せの決意は挫《くじ》かれてしまった。けれどこれでよかったのかもしれない。琴乃に向けた表情はなんともいえないものになった。

「おやおや、琴乃はテレビに夢中だったんじゃないの？　でも手伝ってくれるならありがたいよ。今からおつゆを作ってお蕎麦もゆでるからね」

「好きな芸人さんの出番終わったからもういいの。ああ、笑った笑った。じゃあ私、おつゆ作るよ。さくらはお蕎麦ゆでてみる？」

「うん、そうする。おばあちゃん、おつゆってどうやって作るの？」

「醬油とみりんとお酒を入れるんだよ。琴乃には任せて大丈夫だね。さくらにはゆで方を教えてあげるからね」

　話しながら恭子は出汁をおたまで二杯ほどすくってボウルに移していた。琴乃は調味料を取り出して計量スプーンをふきんで拭いている。料理のできる者が二人もいるなら心強かった。

　さくらは冷蔵庫から蕎麦を取り出した。プラスチックのパックの中に、丸められた麵が並んでいる。四玉入ったものが二パックあるけれど、家に集まっているのは九人だ。

「おばあちゃん、お蕎麦足りないんじゃない？」

「これでいいんだよ、八人前を九人で分けるの。みんなすき焼きをたくさん食べたでしょう。お蕎麦までたくさんあったらお腹が大変になっちゃうからね」

　それにお蕎麦屋さんでは二玉か四玉しか売ってないのよ、と祖母は付け加えて笑った。食べる人を思いやる祖母の気持ちを知って心がじんわりと温まる。

「さて、お湯も沸かしておいたし二玉ずつゆでていこうね。麺をほぐしながら入れて、お湯の中でかき混ぜるんだよ。一分たったら火を止めてお蕎麦を取り出すの。できるかね？」

「うん、やってみる。お蕎麦はどこに出したらいいの？」

「ざるにあげておいてちょうだい。ゆで上がったら水で洗うからね」

落ち着いてやればできる。そう念じながらしっかりとした手つきでタイマーをセットし、鍋の前に立った。

熱湯でいっぱいの大きな鍋にほぐしたそばを落とすと、白い粉が湯気に乗って舞い上がった。菜箸で揺さぶるように混ぜ続けているうちにタイマーが鳴る。すぐに火を止めて、湯の中を泳ぐ麺をつかまえにかかった。

蕎麦はつるつると逃げ、なかなか最後の数本をつかむことができなかった。やっと全部すくい上げ、ひたいを手の甲で拭う。蕎麦をゆでるのは思っていたより大変だけれど、まだまだ残っている。気を引き締めて再び湯を沸騰させると、タイマーをセットして次にゆでる分を鍋に入れた。

シンクでは恭子が麺を洗い、隣のコンロでは琴乃がつゆの味を調整している。協力してひとつの料理を作り上げていく楽しさで心が弾んだ。璃子の家でコロッケ作りのリレーをしたときも楽しかったけれど、家族とも同じようにできるのはもっと楽しい嬉しい。

（でも……やっぱりお母さんとも一緒にやりたいな）

母ともキッチンに立てる日が来れば。不意に込み上げた想いに呑まれそうになる。突っぱねてもわかったふりをしてみても、どうしても諦めがつかないのだ。母に無理だと言われても、それでもこの願いをなかったことにはできなかった。

料理への情熱の火はまだ消えていない。母への想いも失われてはいない。それを確かめながら、蕎麦をすくい上げる手に力を込めた。

食卓には年越し蕎麦をすする音だけが響いていた。誰もなにも言わないけれど、そこにある空気は明るい。おいしいものを食べるときは誰でも無言になるのだと、さくらも麺をすすり上げながらしみじみ思った。

「やっぱりばあちゃんの蕎麦おいしい。僕もうよその蕎麦食べられないかも」

誰よりも早くつゆを飲み干して口を開いたのは航輔だった。生意気、と琴乃が航輔の脇腹をつつく。

「今日のお蕎麦は私とさくらで作ったんだよ。おばあちゃんは手伝ってくれたの。おつゆは私の自信作」

「え、そうなの？　でもおいしかったな。おかわりない？」

「残念でした、完売でーす。また来年ね」

二人のやりとりを眺めながら、ふうっと息をつく。ほかの親戚からも蕎麦は大好評だった。おいしい、とあちこちから上がる声に安心して背中の力が抜けそうになる。

「うん、ほっとする味。おいしかった」

少し遅れて届いた声にはっとする。母の声だった。思わずそちらを見やると、満足そうな表情でつゆを飲み終えたところだった。何と言っていいかわからず、いよいよ大きく息を吐き出してゆっくりとまばたきをした。自分に向けた言葉なのか、それとも独り言だったのか。どちらにしても、蕎麦がおいしかったと言ってもらえたことは嬉しかった。

「さあさあ、今年は特別に出汁巻き玉子を焼いてみたよ。まだお腹に入るといいけど」

祖母が運んできた皿を見て、さくらはわあっと声を上げながら目を輝かせた。長方形に巻かれた玉子焼きはつやつやと薄黄色に光っている。新年を迎える前に春が来たかのようだった。

「これ、出汁巻き玉子っていうの？」

「そうだよ、さくらは食べたことなかったかね？　さっきのお出汁を少しとっておいて、卵と混ぜ合わせて焼いたんだよ。熱いうちにお食べ」

箸を伸ばし、春のかけらをつまんで口へ入れる。その瞬間、心が安らぐ香りが鼻をくすぐった。噛みしめた卵の隙間から熱い出汁があふれ出し、ほんのり現れた甘さが出汁に溶けた。飲み込むと温かさが胸をゆっくりと下りていく。そうして胃のあたりまで辿り着いた卵の熱は、さくらの身体全体を温めながら優しく広がっていった。

ゆったりとしたバイオリンの旋律に、木管や金管の音色が少しずつ合わさって心地よく広がっていくさまが浮かんだ。材料はあまり多くないはずなのに、どうしてこんなに厚みのある響きになるのだろう。魅力的なユニゾンにわくわくする。

「これあったかくておいしいよ、おばあちゃん。どうやって作るの？」

「喜んでもらえたならよかったよ。そんなに難しくないから、あとで教えてあげようね」

「うん。甘いのはどうして？　卵の味？」

「ばあちゃんの出汁巻き玉子はね、ほんのちょっとお砂糖を使ってるんだよ。普通は入れないかもしれないけど、じいちゃんが甘い方が好きって言うからね」

黙って食べながら頷いている祖父が視界に入った。出汁巻き玉子の作り方にはとても興味がある。これまで自分が作ってきたオムレツとよく似た卵料理なのに味わいも食感もまるで違う。それに、しっかり固まっているのにふわふわしているのはなぜだろう。やっぱり、練習をしてたくさん作ってきたからこそ出せる味なのだろうか。

祖母は難しくないと言ったけれど、オムレツもまだ納得がいっていないのに出汁巻き玉子なんて作れる自信はなかった。それでもいつか、祖母の作るような出来栄えを目指してみたい。さくらの胸に、もっと料理がうまくなりたいという想いがふつふつとわき上がった。

改めて確かめた目標は心の中で静かな光を放っていた。こんなところで諦めてなんかいられない。さくらの瞳にも、燃え立つ輝きが揺らめいていた。

「おばあちゃん、ちょっとお願いがあるの」

キッチンで二人だけになるタイミングを見計らい、洗い物をする祖母に切り出した。

「どうしたの。言ってごらん」

「あのね……私、成績が下がったから料理をやめたって言ったでしょ。そういう約束だったし仕方ないんだけど、でもやっぱりまだ料理をやりたいの」

料理を始めたきっかけや、これまでの経験を祖母に話す。母が料理をしないことは黙っていた。母に向かって大きな声を上げたこと、それからずっと母との関係がよくないことを伝え、そのあとで自分の決意をはっきりと口にする。

「私はお父さんとお母さんに、どんなに大変でも受験と料理を両方ともしっかりできるところを見せたいの。自分で決めたことをやり遂げて、私だってできるんだってことを知ってもらいたい。それで、二人に私の作る料理を食べてもらいたい。だから、今じゃなきゃだめなの。受験が終わってからじゃ遅いの」

「そうかね。それで、ばあちゃんは何をしたらいいの？」

「また料理してもいいって言ってもらえるように、お父さんとお母さんに話をしてほしいんだ……成績だって、本当は下がったんじゃないもん。確かに順位は抜かされたけど、それは私より成績低かった子が伸びただけだから。私は料理始めてからもずっと今までと同じ点数取ってきたんだよ。ずっとトップの方にいたときより悪くなったわけじゃないの」

そんな言い訳は通用しないかもしれない、と思った。抜かされたのは事実なのだから、そんな考えは甘いと言われてしまうだろう。それでも、今の状況から料理を再開するためには祖母の力を借りるしかなかった。

「なるほどねえ。難しいことだね。さくらは、本当にやり遂げる自信と覚悟があるの?」

「……あるよ。受験に失敗したら、もう自分の好きなことはやらない。料理もやらない」

「それは困ったね。好きなことをしない人生なんて、きっとつまらないでしょう」

食器を洗い終えた恭子は、思い詰めた表情のさくらとは対照的にゆったりと笑っていた。そしてじっとさくらの目を見つめ、静かに語りかける。

「さくら。料理というのは生きていくための力なんだよ。食べなければ人間は死んでしまうでしょう? だからと言って、口に入りさえすれば何を食べてもいいってもんじゃない」

祖母の言葉を一言も聞き漏らさないように、全身の神経を集中させる。

「食べ物は身体を作るけど、同時に心も育てていくものなんだよ。心を元気に育てるためには、心のこもった食事が一番だとばあちゃんは思ってる。どんなに身体が丈夫でも心が育ってなかったら、それは『生きている』とは言えないんじゃないかね」

胸に小さな痛みが走った。まるで自分がしっかり生きていないと言われたように感じてしまう。けれど祖母が言っているのはそんなことではないはずだ。

傷つくもんか。そう心を奮い立たせて祖母の言葉を待つ。

「さくらは、料理をするのが楽しかった？」

祖母からの問いかけは、あまりにもシンプルなものだった。

「……うん。すごく楽しかった。私、料理が好き」

正直に告げる。それを聞いた恭子の顔がまたほころんだ。

「それでいいんだよ。少し難しいことを言っちゃったけど、楽しいからやってみる、それで十分。その素直な気持ちがほんとは一番大事。考えすぎてわからなくなったら、一度力を抜いて素直に考えてみること。自分がどうしたいのか、気持ちの根っこをよく見るの。料理にしても、お母さんのことにしてもね」

ハッとした。祖母の言葉は心の無防備なところに触れた。

母に対してもっと素直になるなんて、プロ並みのオムレツを作るより難しい。とっさにそう思ってしまったけれど、祖母の言いたいことをよく理解せずに撥《は》ねのけてはいけない気もした。口をつぐんでじっと考える。

模試が返ってきた日の夜のことを思い出す。あのとき母に投げつけた言葉は自分の素直な気持ちだと思っていた。けれど一方的に殴りつけるような、怒りや悲しみに任せて放った言葉ばかりだった。母が悪い、そう決めつけて耳を塞いだのもただのわがままだ。自分はずっとなにかを勘違いしていたのだ。

そこまで考えたところで少しバツが悪くなった。母に謝らなくてはいけない。そう思うと同時に、ずっと暗がりだった心のトンネルに出口の光が差したように思えた。

しばらく伏せていた目を上げ、もう一度祖母の顔を見る。待っていたように恭子は言葉を紡いだ。

「でも、今のさくらは楽しいだけじゃいけないと思っているんでしょう。料理を通じて挑戦して、大変でもしっかり自分の道を進もうとしてる。それは人としてすごく立派なことだよ。だから、そんなさくらをばあちゃんは応援するよ。素直な気持ちを忘れないで、目標を見失わないで、しっかり自分の力で頑張ってごらん」

そう言うと恭子は、自分より少し背丈のあるさくらの頭をくしゃくしゃとなでた。

「いつも誰かの陰に隠れて、自分の意見なんかほとんど言えない子だったのにねえ。さくらは変わったよ、本当にえらくなった。もうすぐ中学生だものね。ばあちゃんは嬉しいよ」

頭をなでられるなんていつぶりだろう、と照れ笑いを浮かべた。自分が変わったと言われて、これほど嬉しいと思ったことはない。祖母の言葉は出汁巻き玉子のようにやさしく温めてくれた。包み込む愛情を全身で感じられた幸せを嚙みしめる。

挫けてなんていられない。こんなところで諦めるなんて嫌だ。きっと間に合うはずだ、受験も料理も、それから母のことだって——再び点った決意の灯は、多少の颪くらいでは吹き消されない煌々《こうこう》とした光を放っていた。

遠くで除夜の鐘が鳴る音が聞こえる。終わりへと歩みを進めていた一年は、新たな始まりをおごそかに迎えようとしていた。

Step 7 天地を返す

教室前の壁に歩み寄り、貼り出された紙をまっすぐ見つめる。近くに集まっている生徒たちが、さくらに視線を投げかけると同時にひそひそと言葉を交わした。けれど気にとめることなく、模試の順位を確認して静かに頷いた。そのまま携帯電話を取り出すと、メール画面を開いて母にあてたメッセージを打ち込む。

〈約束通り、上位者名簿に載りました。また明日から受験勉強と料理の両方とも頑張ります。〉

短い文章に、結果のプリントの写真も添えて送信する。父にも同じものを送り、ふう、とさくらはため息をついた。

頭を下げるさくらの隣で祖母が取りなしてくれたおかげもあり、両親はさくらに最後のチャンスを与えてくれていた。本番前の最後の模試で上位者名簿に名前を載せるという条件は、周りの生徒たちもラストスパートをかけているこの時期には簡単に達成できるものではない。たっぷり寝ている余裕などないと腹をくくり、睡眠時間を削って死にものぐるいで勉強したのだった。

（塾の中で五位なら、誰にも文句言われないよね）

約束は守った。これでまた料理ができる。けれど浮かれてはいられない。ようやく再スタート地点に立っただけで、本当に大変なのはここからだ。

毅然と前を向く。決意を伝えなければいけない人は他にもいた。

「光希先生、ちょっといいですか」

職員室に向かったさくらは塾の担任に声をかけた。

「大丈夫だよ。どうしたの？」

「年末に、料理はやめるって話をしましたよね。でも、私やっぱり受験勉強と一緒に続けてやることにしたんです」

さくらの言葉を聞いた光希先生は少し眉をひそめた。いい顔はされないだろうと思っていたけれど、実際にその表情を目の当たりにするとおじけづきそうになる。手をぎゅっと握りしめながら自分の想いを語った。

「料理なんて、受験が終わってからでいいって言われるのはわかってるんです。合格するためにここに通っているんだし、塾の先生にこんなこと言っちゃだめなのかもしれないけど……でも私は今、受験勉強と料理をどちらも成功させなきゃいけないんです。挑戦してみたいんです」

光希先生は真剣な顔つきでさくらの目を見つめ、ゆっくりと頷きながら聞いてくれていた。さくらも目を逸らさない。伝えたいことを全て言い終えると、不思議と気持ちが少し軽くなっていた。

「室本さんの気持ちはよくわかりました。私は塾の講師だから、本当なら受験勉強に集中しなさいって言わなきゃいけない立場なんだよね」

不安を押し殺しながら光希先生の顔を見上げる。

「でも、なにかに挑戦しようとしてる生徒の気持ちを無視して、勉強机にだけ向かわせるような先生ではいたくないとも思ってるの。室本さん、今回の模試では過去最高の結果を出せているよね。受験に対する姿勢も前よりずっとよくなりました。だから、今の室本さんならきっとできると思うよ」

光希先生は大きく頷き、再び口を開いた。

「ただ、受験までは本当にきつい戦いになるよ。残り半月もないけど、だからこそ最後の戦いでは絶対に手を抜いちゃいけない。どちらも本気のままやり遂げなかったら勝てない。室本さんは、そんな道を進む覚悟はできていますか？」

「はい、やります。両方とも結果を出します。私は絶対負けたりしません」

はっきりと答えながら少しだけ笑った。笑っている自分が不思議だった。心のどこかで、自分が選んだ険しい道のりを楽しんでいるのだろうか。

さくらを見つめる光希先生の目が強く輝く。なんだかわくわくしているように見えた。

「いいでしょう。両立のための応援、しっかりさせてもらいます。それにしても室本さん、本当にいい顔になったね。勝負根性が足りないなんて話をしてた頃とは別人みたいだよ」

「そうですか？　それならよかったです」

「うんうん。負けないって言葉、強がりなんかじゃないのもちゃんとわかったよ。でも無茶するのは賢い方法じゃないな。室本さん、最近あんまり寝てないでしょ」

言われて思わず頬をなでる。平気なふりをしていたのに見抜かれてしまっていたようだ。俯いて頬をかく。

「今年に入ってから、寝る時間をかなり遅くして勉強してたんです……これからも今の勉強時間を減らしたくないけど、寝るのが遅くなりすぎると頭が働かなくなっちゃいそうで少し困ってて」

「それなら、試験日までのタイムスケジュールを組んでみようか。習い事と両立してる子に勧めている方法だから、室本さんも同じようにやってみたらいいと思う。普段の生活サイクルを、簡単に書いてもらうことはできる？」

手渡された紙に一日のスケジュールを書き込む。最後に就寝時間を書こうとして手が止まった。どんなに遅くても二十三時半にはベッドに入りたい。一度その数字を書き込んで、けれど少し考えてから二十四時と書き換えた。返された紙を見て、光希先生は微笑んだ。

「ありがとう。これを参考に作っておくから、明日取りに来てね。無理なスケジュールは組まないから安心して」

反対されるのではなく、背を押してもらえた。その嬉しさと安心感で疲れが少し消え、まだまだ頑張れそうな気持ちがわき上がった。

職員室を出ようとしたとき、鞄《かばん》の中で携帯電話が震えた。

取り出して確かめる。母からのメールだった。きっとさっきの返事だろう。弾かれるように内容を読む。

〈おめでとう。頑張ったね。しっかり結果を出せたこと、本当によくやったと思うよ。受験当日までこの調子で、風邪をひかずにやり遂げてね。応援してるよ。〉

勝った。認めさせた。そんな考えが頭の中を駆け抜け、ハッとして頭を振る。これはまだ本番ではないのだから、調子に乗ってはいけない。けれど今日までの頑張りは確かに結果になり、母はそれを認めてくれたのだ。

まずはひとつクリアできたんだ。そう高らかに叫びたくてうずうずしてしまう。

頰が紅潮するのを感じながら、もう一度画面を見やった。メールはこれで終わりだろうか。やっぱり、料理のことには触れられていないだろうか。淡い期待を抱きながら、文章の先がないかとスクロールしてみる。

〈私も頑張ろうと思う。〉

空白の一行の先、隠されるように記されていた一言がそこにあった。見つけてほしくなかったようにも読めるし、見つけてほしかったようにも思える。文字から伝わってくるのはどこか不安げな決意だった。そういえば、今日のメールには絵文字がない。それに気がついた途端、こちらまでうっすら不安になってしまった。

(お母さんも頑張る、って、なんのことだろう?)

母の決意がどこに向けたものなのか、よくわからなかった。最近は仕事が忙しいらしいから、きっとそのことだろうとひとりで納得する。

休憩室でコンビニのおにぎりを食べ終え、帰ろうとドアを開けたところで、入ってこようとした生徒にぶつかりそうになった。謝ろうとして顔を見る。そこにいたのは薫だった。一瞬だけ視線がかち合い、すぐに離れる。二人の間に気まずい空気が流れた。

「長倉さん」

無言ですれ違おうとした薫の背中に向かって、さくらははっきりと声をかけた。普段より少し大きな声が出た。振り返った薫はあからさまに嫌そうな顔をする。

「なに？」

「長倉さん、前に私が中途半端なことしてるって言ってたよね」

薫の表情がこわばり、わずかにたじろぐ。

「でもそれは違うよ。長倉さんには無駄に見えるんだろうけど、私にとっては料理も受験と同じくらい本気でやるべきことなの。私にはどっちもやらなきゃいけない理由があるし、絶対にやり遂げる覚悟があるの」

「そう……それが？」

「長倉さんが私に負けないって言ったとき、私このままじゃ負けるかもって思った。

前の模試のときだって、もう長倉さんには勝てないと思った。でも今は違う。私だって黙って負けるつもりはないよ。今回の模試の名簿、もう見たよね？　本番も今回みたいに全力でやろうと思ってるから」

さくらの心には静かな闘志が揺らめき立っていた。黙ってさくらを見つめていた薫の顔にゆっくりと笑みが浮かんでいく。薫の目にはぎらりとした光が輝いていた。

「やっと本気になったんだ。いいじゃない、望むところだっての。室本さんが諦めてくれた方が都合よかったけど、やるっていうなら私だって絶対負けないからね」

言い終わると、薫は今度こそ振り返らずに部屋の奥へと去っていった。さくらも休憩室を後にする。

これでもう、本当に引き下がれない。手の震えを無理やり止めるようにきつく握りしめ、口を引き結んで大股に歩き出した。夜闇をまっすぐに進む。頬を切る風はひどく凍てついていたけれど、さくらの内にはほとばしる熱さがあった。

「さあちゃん、寝不足でしょ？　さっきからずっとあくびしてるもん、大丈夫？」

目が覚めきらない身体を引きずって、さくらは璃子と一緒に通学路を歩いていた。

話しながらもあくびはなかなか止まらない。もう何度目かも数え切れなくなった頃、とうとう璃子が心配そうに顔を覗き込んでくる。

えへへ、と笑ってごまかしたけれど、睡眠不足と勉強疲れで体調は万全とは言えなかった。気持ちまで落ち込みそうになり、両手で頬をぱちぱち叩く。身体が疲れていても弱気にはなりたくなかった。

「もうすぐ受験本番だから、頑張らないと」

「だよね、でも無理しちゃだめだよ？　今もし風邪なんかひいたら台無しじゃん」

「うん、気をつけるね。ありがとう」

そんなやり取りを交わすうちに、気づけば二人は正門を通り抜けていた。靴をはき替えていると、晴哉と悠翔が連れ立ってやってくる。さくらたちを見つけた悠翔が、眼鏡の蔓を指で押し上げながら弾んだ声で切り出した。

「おはよう。ねえ二人とも、秋にやった調理実習のベーコンのこと覚えてる？」

突然の話にさくらと璃子は顔を見合わせた。あのベーコンなら味も香りもよく覚えている。じわりとしみ出す肉汁の輝きを思い出してごくりと唾を飲んだ。

「晴哉くんとも話してたんだけど、僕の家に自家製ベーコン作りを見にこない？　父さんもみんなに見せたいって言ってるんだ。春休みになっちゃうけど、予定が合えば来てくれないかな？　もちろんお土産も用意するから」

「俺は行くからな。小学校最後の思い出作りしようぜ。悠翔も室本も別の中学に行っちまうだろ」

悠翔も大学の附属中学を受験することになっている。受験の結果次第ではあるけれど、こうして友人たちと揃って過ごせる時間もあと少しということだ。そう思うとしんみりした気分になる。

「私も行く！　ベーコン懐かしいなあ、また食べたいと思ってたんだよね」

「私も行きたいな。春休みなら受験も終わってるから大丈夫」

二ヶ月も先の約束は遠い。けれど必ず果たされるだろうと確信していた。約束の日に晴れ晴れとした気持ちでみんなと会うために、なんとしても合格しなくては。

「それにしたってよ、俺たちここまでつるむようになるなんて思わなかったよな」

「うん。あの調理実習からだもんね、僕もみんなと仲良くなれてよかった」

晴哉と悠翔が思いを馳せながら話し出す。秋の調理実習以来、さくらたち四人は席替えで班が別れたあとも一緒にいることがたびたびあった。友人たちとの日々はかけがえのない思い出だ。少し浮かれた気分になって口を開く。

「あの日にみんなで同じごはん食べたから仲良くなれたんじゃないかな。ほら、同じ釜の飯、って言うでしょ？　料理するのも楽しかったし、調理実習ほんとにやってよかったなって思ってる」

「俺それ知ってる、これぞ仲間って感じの言葉だよな。そういえば室本は、受験終わったらあのレストランみたいなオムレツまた作るのか？」

「うん、最近はできてなかったんだけどね。思い通りのオムレツが作れるようにまた練習しなきゃ。あれほんとにむずかしくて」

「えっ、さあちゃんまだ料理するつもりなの？　受験勉強で寝る時間ないって言ってたじゃん」

信じられないといった表情の璃子を見て、しまった、と口元を押さえる。

普段よりお喋りになっていたからか、深く考えもせずに答えてしまった。ごまかしもせずべらべらと話してしまったことを後悔した。

璃子の不信感がびしびし伝わってくる。さくらの心はどんどんしおれていった。璃子はまだ、晴哉のことで自分を疑っているに違いない。友人に信じてもらえていないと思うと息苦しかった。

その日はずっと誤解を解く方法を考え続けた。いくつもの言い訳が頭の中に渦巻いては消える。本当に納得してもらうためにできることは、考えるまでもなくわかっていた。覚悟が決まったのは、六時間目の終わりにさしかかった頃だった。

（やっぱり、本当のことを言わなきゃだめなんだ）

どうしても知られたくなかった。でも正直に告白して、璃子に信じてもらうしか方法はない。そのまま知らん顔をしていてもきっと責められはしない。ただ、そんなことをすれば璃子との友情は静かに壊れてしまうだろう。誤解されたままで離れてしまうのは絶対に嫌だった。

覚悟は決まった。放課後、下駄箱の前で待つことにした。今日は璃子が日直の仕事をしている。そういえば前にも似たようなことがあったな、とぼんやり思い出した。

しばらくして、璃子が階段を降りてきた。控えめに手を振るさくらと目が合うと、驚いた様子でさくらに駆け寄る。

「さあちゃんどうしたの？　もしかして、待っててくれたとか？」

「うん。今日は私が話したいことがあるんだ」

そっか、と軽く頷いた璃子はさくらの隣で靴を履くとずんずん歩き出す。さくらも璃子に追いつくように早足で歩いた。

並んで歩きながら、璃子の横顔をちらりと見た。黙っているけれど、普段と様子は変わらない。もしかしたら、なんとも思っていないのかもしれない。けれど話すと決めたのだ。かき集めた勇気をふるい、友人に向かって話しかける。

「璃子ちゃん、今まで黙っててごめんね。ちゃんと話そうと思うの。私が料理を始めようと思った本当の理由」

「うん……わかった。教えて」

璃子の声が身構えるようにこわばるのがわかった。自分の緊張もきっと伝わっているだろう。声が震えないように大きく深呼吸してから話を切り出す。

「私のお母さんね、料理してくれないんだ。もちろん晩ごはんは毎日食べてるけど、いつもスーパーのお惣菜なの。休みの日もそう。たまにお店で食べたりピザ取ったり、冷凍食品をあっためることもあるんだけど、とにかくお母さんの作るごはんって食べたことがないんだ」

「えっ、そうなの？　野菜炒めとかも？　うちのママ、あれ簡単って言ってたけど」

璃子は心底驚いたと言いたげな声を上げた。うん、とさくらは小さく頷く。

料理を当たり前のように作ってくれる母のいる璃子が羨ましい。料理を作ってもらえるのが当たり前だと思っている璃子がどうしようもなく妬《ねた》ましい。地面を踏む自分のつま先を見ながら、慎重に言葉を続けた。

「私のお母さんは仕事が忙しいし、帰りが遅いときも多いから仕方ないと思う。でも、みんなで調理実習したときにわかったんだよね。璃子ちゃんも沢崎くんもお母さんがごはん作ってるって言ってたし、渥美くんのとこはお父さんも作ってるって……それを知ったときはちょっとショックだった。それまで私、自分のごはんがお惣菜ばっかりでもなんにも不思議に思ってなかった。なのに、みんなと違ったから不安になっちゃって」

璃子は何も言わずにさくらの話を聞いている。

「みんなでやった調理実習がほんとに楽しくて、作った料理もおいしくて、私こんなごはんを家でも食べたいって思ったんだ。それで、お母さんが作れないなら私が頑張って作ればいいのかもって。毎日じゃなくてもいいし、難しい料理じゃなくていいの。ひとつでも手料理があれば、晩ごはんがもっと楽しくなるんじゃないかって。それにもしかしたら、お母さんも一緒にごはん作ってくれるかもしれないって思ったの。でも……」

話しているうちに感情が昂っていく。みじめさと寂しさが大きな波となってさくらの心を呑みこもうとしていた。

「おばさん、それでもごはん作ってくれないの？」

璃子がおそるおそる訊いてくる。さくらは無言で頷く。

「お母さんと一緒に作りたいって言ったこともあるけど、無理って言われちゃった。

そのことでけんかもしたんだ。お母さんはきっと、ごはんのことも私の気持ちもどうでもいいと思ってる……だから半分くらい諦めてるの。でも、受験に合格してオムレツもうまく作れるようになれば、お母さんも文句言えないと思う。だから、私はお母さんに認めてもらえるように頑張ってるんだ」

ひと息に言い切った。これでわかってくれるだろう。そう思って璃子の顔を見ると、なにかを言いたそうに口ごもっていた。首を傾げるさくらに向かい、璃子は遠慮がちに声を発する。

「それってさ、さあちゃんはおばさんに勝ちたいから料理をしてるってこと？」

冷たい風があおるように吹きつける。頬を叩かれた心地がして立ちすくんだ。璃子は困惑を隠せない様子だった。

「言っていいのかわかんないけど……あたしだったらママに勝つとか負けるとか考えないからさ。だって、ママは味方だもん」

「味方……？」

「さあちゃんとこのおばさんもそうだと思うんだけどなあ。だって受験あるのにオムレツ作っていいって許してくれたんでしょ？　味方じゃなかったら最初から絶対に許してくれない気がする」

母が味方だなんて考えたこともなかった。反対されたり、無神経なことを言われたり、願いを断られたりしてきたのに。料理のことで母が味方についてくれたことなどなかったはずだ。

動揺して言い返そうとした。けれど、遮るように璃子が続ける。

「それにさ、頼んでも料理してくれないのはちょっと悲しいけど、大人でもできないことってあるんじゃない？　うちのママだって、あれ作ってーって頼んでも無理だからって作ってくれないことあるもん。あたし家でもふわとろオムレツ食べたいのにさ、いつも固いの。練習してくれたらいいのにね」

璃子はふざけて頰を膨らませ、目を丸くしていた。その顔を見て思わず笑いが込み上げる。璃子もぷっと吹き出して笑った。

「たぶんだけど……無理っていうのもさ、さあちゃんと料理したくないんじゃなくて、ほんとにただ作れないだけなんじゃない？　そう思っておいた方がいいよ！　だから、さあちゃんもおばさんに勝つとか文句言わせないとか、あんまりそうやってトゲトゲしない方がいいと思うなあ」

璃子の前向きな言葉で目がくらみそうだった。母親のことをこんなにも信じている璃子が本当に羨ましかった。自分も素直な気持ちでいられたら。でも、どうすればいいのかがわからない。

「私でもしっかりできるところを見せたくてずっと頑張ってたの。受験と料理のどっちにもチャレンジしてる私を見たら、お母さんも変わってくれるかもって思って……でも、なにも変わらないような気がして仕方ないの。私、どうしたらいいんだろ」

ぽつぽつと本音を零す。璃子の前で言えなかったら、母にはもっと言えない気がした。璃子はさくらの言葉をそっと拾い上げるように問いかけた。

「さあちゃんはさ、おばさんにどうしてほしいの？」

核心を突く質問だった。見失いかけていた光にこわごわと手を伸ばす。

「……一緒にごはんを作ってほしい」

声の震えに気づかれていないことを祈りながら話を続けた。

「私ね、ずっと前から何度も同じ夢を見るの。誰かがハムエッグを焼いて持ってきてくれる夢。いつも食べる前に目が覚めちゃうし、作ってくれる人が誰なのかもわからないけど、もしかしたらお母さんなのかもしれない……お母さんだって思いたいの。だから、そのハムエッグを本当に食べてみたい。でもお母さんにはずっと言えてないの」

「……それ、ちゃんとおばさんに言えたらいいね。それでおばさんも作ってくれるようになったら最高だよね！　あたし応援してる。だから、さあちゃん頑張ってよね」

そう言って、璃子は少し視線を落とした。どこか気まずそうな顔つきだった。

「さあちゃん、大変だったんだね。あたし全然知らなかった。それなのにあたし、勝手にさあちゃんと沢崎のこと疑って焦ってて、なんか恥ずかしくなってきちゃった……ほんとにごめんね」

「ううん、私こそずっとほんとのこと言えなくてごめんね。変なふうに思われるのが怖かったの。もっと早いうちに、ちゃんと話しておけばよかった」

お互いに俯いたまま謝り合う。わずかな静寂が訪れた。不意に、さくらの前に右手が差し出される。戸惑いながら上げた視線の先には璃子の笑顔があった。

「さあちゃん、ありがとう。さあちゃんがほんとの気持ちを話してくれてよかった。私も勘違いしたままになるとこだった。大事なこと教えてくれて嬉しかったよ！　これからもこうやって、本音を言い合える親友でいたいな！」

璃子の言葉が優しい陽の光となってさくらの心を照らしていく。さらけ出した気持ちを受け入れられた喜びに包み込まれていく。胸がいっぱいで言葉がうまく出てこないまま、すがりつくように璃子の手を握りしめた。

重ねた手から伝わる温もりが全身に広がっていく。勇気を出してよかった。そんな想いが心の底からわき上がった。親友が見せてくれる光はどこまでもまぶしく、暖かかった。

受験本番へのカウントダウンが進む中、塾の授業にはひときわ熱が入っていた。一瞬たりとも気の抜けない空気感は、チャイムが鳴り終わって帰宅時間になってもそこかしこにぴりぴりと漂い続けている。その中をかいくぐって向かった職員室で、さくらは光希先生からタイムスケジュールを受け取った。

「少しの間だけど、できるだけこのスケジュールに沿って行動してみてね。いい形で時間を意識できれば、受験当日も焦らずにいられるはずだから」

手渡されたスケジュールを確認する。さくらの生活を大きく変える部分はなさそうに見えた。けれど就寝時間を見て思わず担任の顔を見上げる。

「先生、寝る時間が十時って書いてあるけどこんなに早くていいんですか？　これじゃ勉強の時間が……」

不安がるさくらに笑いかけ、光希先生はそっとスケジュールを指さした。目で追った先には『起床時間　五時』と書かれている。驚いた。

「室本さん、いつもは六時半に起きてるんだよね。寝る時間を遅くするんじゃなくて、起きる時間を早めてみたよ。その方が頭も身体も調子がよくなるからね。起きたらまずゆっくり身体を動かして、目が覚めたら一時間くらい集中して勉強してみて。朝ごはんを食べるのも忘れずにね」

「わかりました。でも、本番前にこんなに寝てていいのかな……」

「むしろ寝た方がいいんだよ。睡眠をしっかり取らないと風邪をひきやすくなるし、せっかく覚えた勉強の内容もきちんと記憶に残らないからね。寝てる暇があったら勉強したいだろうけど、受験生はしっかり寝ることも大切なんです。室本さんみたいに自然に余裕を持てる子はこういうときこそ強いんだよ。大丈夫、自信を持って」

光希先生の言葉は力強くさくらの背中を押した。そういえばここしばらく余裕がなかった気がする。心も身体もすっかりこり固まっていたのかもしれない。

模試のためには無理も必要だったけれど、ここからは自分が過ごしやすいペースを保つのがいいのだろう。薫には嫌いだと言われた余裕のある態度も光希先生は強みだと言ってくれている。不思議と焦りはなかった。丁寧に感謝を伝え、塾を出る。

さくらは駅の改札口に向かった。今日は早めに帰れると母から連絡を受けている。泉はさくらが着くのとほぼ同時に姿を見せた。そのまま連れ立ってスーパーに向かう。二人で買い物をするのは一週間ぶりだった。

買い物にかかった時間はわずかだった。買い物袋を持つ母の一歩後ろを歩きながら、つい先ほどのことを思い起こす。

ひさしぶりに卵を買ってもいいかと訊いたとき、泉は黙って赤い卵を取ってカゴに入れたのだった。オムレツを初めて焼いた日にも少しいい卵を買ってくれた記憶がある。これは母なりの応援のつもりなのだろうか。だとしたらずいぶん遠回しな気がしてしまう。それでもその気持ちは嬉しかったし、母に対する暗い感情がだいぶ薄らいでいるのもはっきりと感じていた。

帰宅したキッチンで、電子レンジの鳴る音を聞きながらフライパンを手に取った。手に馴染み始めていた重さは数週間のうちに忘れかけている。最後に作ったオムレツをフライパンから落とした記憶がよみがえって不安がよぎった。けれど目標のためにはやるしかない。失敗してもできるまでやり直せばいい。璃子の母や祖母が教えてくれたことだ。

オムレツの作り方を再確認しようと、ノートをしまってあるカウンターの引き出しを開ける。けれどいつも入れていたはずの最上段には見当たらなかった。不審に思いながら二段目を開けると、見慣れた一冊はそこにしまわれていた。

最後に見たのは慌てて片付けていたときだから、きっとしまう場所を間違えていたのだろう。自分をそう納得させてノートを開いた。表紙を開いた裏には未来の日付が赤マジックで書き込まれていた。それを確認してからページをぱらぱらとめくっていく。毎日作るたびに反省点や改善点を書き込んできたノートは、残り数枚の余白を残してあとはしっかり埋まっていた。

「今日はリハビリ。よろしくお願いします」

誰に聞かせるでもない独り言は換気扇に吸い込まれ流れて消えた。手順を一つひとつ丁寧に踏みながら料理を進めていく。溶き卵をこぼすこともなく、バターの加熱に不足もなく、ひさしぶりにしてはスムーズに作れている。頭よりも手が覚えている、そこに小さな感動があった。

フライパンを振って卵を宙返りさせるつもりはもうなかった。以前のやり方の通りにフライ返しを卵の底面に差し入れ、右手で返す力を手伝うように左手でフライパンを斜めに傾けてみる。滑り落ちてしまうのがこわかったけれど、卵は縁の丸みに乗って裏返った。落とさず済んだことにひと安心する。

できあがったオムレツは、初めて作った頃に比べればかなりそれらしい形をしていた。相変わらず歪んでいるところはあるけれど、きちんと包めたのだからひとまず合格だろう。これならお披露目したい日までに間に合うかもしれない。

皿に乗せたオムレツを食卓に運び、待っていた母と一緒に食事を始めた。焼きあがったオムレツをじっくり見る。端の部分がうまくつかずに少し開いているほかは、目立った破れもなく綺麗に巻けていた。切り開くと中までしっかり固まっていて、とろみのついた部分は少しだけだった。思ったより火が通りすぎているのかもしれない。オムレツを頬張りながら、あとでノートに書いておきたい事柄を頭に刻み込む。

味付けで気になる部分は思い当たらない。塩コショウを振る回数を決めてからは味がばらつくことはなくなった。このオムレツも、きっとおいしいと言ってもらえる味にまとまっているはずだった。なのに、どこか足りない。頭の中に、おいしいものと出会ったときに鳴る楽器の音が響かないのだ。

（やっぱり、お店のオムレツみたいに作れないからなのかな……）

なにが足りないのだろう。食事が終わっても、そのことばかりが気にかかっていた。ノートを早くつけたいと思いながらも、母の目が気になってなかなか取りに行けない。そわそわしながら椅子に腰かけていると、洗い物を終えて戻ってきた母が目の前にマグカップを差し出した。

「これ飲んでいきなさい。熱いから気をつけて」

「……ありがとう」

ココアで満たされたウサギのマグカップを両手で包む。ずっと持ってはいられないほどの温度が却《かえ》って心地よかった。ふと気づくと、幼い頃によく聴いていた穏やかな協奏曲が耳に流れ込んできていた。カップにそろそろと口をつけてすすると甘い熱がほどけていく。

「ねえさくら、」

不意に声をかけられて驚いた。返事ができずにいると、泉は静かに言葉を続けた。

「さくらが作ってるのって、いつもオムレツだよね。他のものは作らないの？」

思わず視線を上げ、母の顔を見る。どこか心配そうな、戸惑いの滲んだ表情がそこにあった。この話をしてもいいのかどうか迷っているようにも見える。自分の料理について母から触れてくるのは初めてだった。どこか切なく、けれど温かい気持ちがゆっくりと広がっていく。

「うん。まずはオムレツをちゃんと作れるようになりたいと思ってるの」

「それって、自分で食べるためだけ……じゃないよね。誰かに食べさせたいから？」

またもや返事ができなかった。いよいよしっかりと母の目を覗いてみる。泉はバツが悪そうに視線を小さくそらした。なんだか不安げな母の様子に、さくらもどことなく居心地の悪さを覚えてしまった。

黙ったままでいるさくらに、泉は小さく話しかけた。耳を傾けていないと管弦の旋律に紛れてしまいそうなほどの、本当に小さな声だった。

「さくら、もう少し——もう少しだけ待ってほしいの。私もちゃんと考えてはいるから。勝手だけど、もう少しだけ時間をもらえないかな」

「……うん」

　短い返事をして、まだ熱いココアを飲み下した。喉を駆け下りていく熱と甘さでむせそうになる。もう少し、と繰り返した母の言葉が耳の中でこだました。

　その『もう少し』で、なにが変わるのだろうか。

　いつまで待てばいいのだろうか。

　待っているあいだ、なにをしたらいいのだろうか。

　いくつもの疑問が頭に浮かんでは消えていく。ふと、塾で受け取ったメールの記憶が呼び起こされた。もしかしたら——頑張りたいと綴った弱々しい決意も、待ってほしいという言葉も、同じ意味なのではないだろうか。そしてオムレツの話題にあえて触れながら語ったのだから、母が考えているのは料理のことで間違いないはずだ。

　そう気づいたとき、さくらの肌の上をなにかがざわりと駆け抜けた。料理に対してあんなに頑なだった母の心が変わろうとしているのかもしれない。捨てきれなかった望みが叶う、その日が近づいているのかもしれない。

もしそうなら、どんなにいいだろう。今すぐにでも母の考えを聞きたい。それでも今日はもう、この話をするのは難しい気がした。さくらは時間をかけて息を吸い込み、ゆっくりと吐き出しながら気持ちを整えようとした。

今は待つしかないのだ。そのときが来るまでは、自分にできることを今まで通りに頑張るしかない。

立ち上がったさくらは空になったマグカップを洗い、去り際にオムレツのノートを隠すように抱えてその場を去った。自室でノートを開き、忘れないうちに気になったことを書き留める。今日作ったオムレツの工程も味もくまなく思い出してみる。やっぱり、いくら考えてみても足りないものはわからなかった。それを探し出すことが、きっとオムレツ作りの最後の課題だろう。


翌日の放課後、学校に持ち込んだノートを手に職員室へ向かった。すぐに料理について質問できる相手は聡美先生しかいない。なんとかいいヒントがもらえないかと、祈るような気持ちで聡美先生に状況を説明した。

「先生にもらったプリントと同じレシピで作ってるから、材料は間違ってないんです。

包み方もだんだんうまくできるようになってきました。でも、なんとなく味が足りない気がして……プロと同じように作るにはどうしたらいいですか？」

「ふむふむ。作る方はかなり上達したのね。とは言っても、一流シェフの作るようなオムレツは難しいわよね」

あと少しのはずなのに、と肩を落とす。せっかくここまできたのに、自分にはやっぱり無理なのだろうか。

「でもね、プロの味や技術を真似すれば最高の料理になるわけじゃないのよ。さくらさん、ずっと前に私が話したことは覚えてるかしら？　調理実習のときにした話よ」

「先生の話、ちゃんと覚えてます。チャレンジすることが大事だって言ってましたよね。私、うまくなるためのチャレンジはずっと頑張ってきたつもりです。お母さんとお父さんに認めてもらえるように」

さくらの返事を聞いた聡美先生は小さく首を振った。

「そうね。でも、それだけじゃなかったはずよ。料理には技術も必要だけど、同じくらい大切な、決して忘れてはいけないことがあります。それはね、食べてくれる人を想って心を込めること。思い出せたかしら？」

心臓がどきんと跳ね上がった。確かに聞いたはずだったのに、その言葉をすっかり忘れてしまっていたことが信じられなかった。どうして忘れてしまっていたのだろう。

「私……うまく作れるようになれば、それでいいんだと思ってました。料理が上手になったところを見てもらいたいって、そのことしか考えてなかった……心がこもってない料理って、食べたら本当にわかっちゃうんですね。先生の言った通りでした」

「ね、不思議でしょう？　でも、自分で気がついたさくらさんはえらいわよ。やっぱり感覚が鋭いのね。それに、このノート……」

聡美先生は、さくらが数ヶ月かけて綴ってきたノートをぱらぱらとめくった。

「間違いなく、努力の結晶よ。ここまでやれるなんて並大抵のことじゃない。本当によく頑張ってきたのね。さくらさんならきっと、どんな料理でもおいしく作れるようになるはずよ。押しつけじゃない、愛情のたっぷりこもった料理をね」

大事なことを忘れていた恥ずかしさと努力を褒められた嬉しさが代わるがわるに駆け巡った。頬がほんのり熱くなる。

「ありがとうございます。でも、どうすれば心がこもったことになりますか？　味が悪かったらきっと喜んでもらえないし……気持ちを込めて作ったら、本当に味の違いをわかってもらえますか？」

心を込めると一体なにが変わるのか。イメージがはっきりした形にならず、答えの出ない不安は拭えなかった。丁寧に作るのを心がけるだけでは足りないのだろうか。出口に辿り着けない迷路をぐるぐるとさまよっている気分だった。

「きっと今のままでも、さくらさんのオムレツはおいしいと思うの。味や形をきちんと整えるだけでも、おいしい料理を食べてほしいという気持ちは充分伝わるはずです。でもさくらさんは、もっとはっきり伝えたいと思っているのよね？」

「はい。だから火加減に気をつけて、形もおかしくならないように気をつけてました。先生が教えてくれた動画もたくさん見たんです。でも、これ以上なにをしたらいいのか本当に思いつかなくて……」

聡美先生は困り顔のさくらを優しく見つめ、そっと口を開いた。

「そうね。じゃあレシピにはない、さくらさんだけの工夫を加えましょうか。突然だけど、ここで問題です。食べる人を想うというのは、わかりやすく言うと何を考えてあげることになるのかしら？　食事の役割を考えたら答えは簡単よ」

「……栄養とか、健康のことですか？」

「さすがね。食事で栄養やエネルギーを摂れば、身体も心も元気になれます。それじゃ、次は質問。さくらさんがオムレツで元気にしてあげたい人は誰？」

「お父さんと、お母さんです」

「お父さんとお母さんは、さくらさんの料理をいつ食べるのかしら？　食べる前には何をしているの？」

「晩ごはんのときに食べてもらおうと思ってます。その前は、お父さんもお母さんも仕事をしてます。お母さんは最近忙しそうで帰りが遅いし、お父さんは単身赴任だから、仕事が終わってから新幹線で帰ってきます。お父さんが帰ってこられるのは月に一回だけです」

「ふむふむ、なるほど。じゃあ、二人ともきっと仕事や移動で疲れているでしょうね。では、最後の質問です。さくらさん、疲れているときに食べたくなるものはない？」

記憶を掘り返してみる。疲れたと思うのは、例えば学校から急いで帰ってきたとき。長い時間続けて勉強したとき。塾の模試を終えたとき。いくつもの場面が次々と思い浮かんだ。そんなときに食べているものといえば、大抵決まっている。

「お菓子が食べたくなります。チョコとか、ラムネとか」

璃子とコロッケを作った帰り道の光景がよぎった。あのときは心がぐちゃぐちゃに乱れて、すっかり疲れ切っていた。嫌なことを全部忘れたくてかじりついたコーヒー味のクッキーの、優しい甘さに少しだけ安心したのは嘘ではない。

それと同時にもうひとつ、頭の中に祖母の作ってくれた出汁巻き玉子が鮮明によみがえっていた。なにもかも嫌になって諦めようとしていた自分を励ましてくれた祖母の、愛情がたっぷり詰まった料理を食べてホッとしたのは忘れられない思い出だった。

そういえば、あの出汁巻き玉子には——

「先生、わかりました」

バラバラに散らばっていた記憶が一本の線でつながった。

「私、おばあちゃんの家で甘い出汁巻き玉子を食べたんです。あったかくておいしくて、すごく優しい気持ちになれたんです。それにおばあちゃんは、おじいちゃんのために出汁巻き玉子のレシピを特別にしてるって言ってました……私でも、おばあちゃんみたいな料理を作れますか？」

「大丈夫。答えが見つかったさくらさんならできるはずよ。おばあさんの料理の味と、おばあさんの気持ちをよく想像しながらやってみるといいわ」

長いトンネルから飛び出したかのように、目の前が大きく開かれた。ようやく答えを摑めた手応えで胸が熱くなる。誰かを想う料理のヒントは近くにいくらでもあったのだ。

自分の料理はきっと変わるはずだ。わき上がってきたのはまぎれもない自信だった。
さくらは聡美先生に精一杯の感謝を伝え、下駄箱に向かって渡り廊下を駆け出した。
がんじがらめになっていた心が、今はずっと軽やかで自由になっているのを感じる。
冬空にかかる薄雲が晴れ、差し込んできた光が力強くさくらを照らしていた。

Step 8

盛り付ける

一月最後の日、街はこの冬一番の厳しい冷え込みに包まれていた。手袋をしていても指先がこわばり、身体はがたがたと震え出しそうになる。夕映えをさえぎる厚い雲からは今にも雪が舞い落ちてきそうな気配すらしていた。さくらはなるべく風の当たらない場所を探し、駅の改札口近くに立った。

身体が震えるのは受験を翌日に控えた緊張のせいもあるだろう。とはいえ、できることは全てやってきた。光希先生の組んでくれたタイムスケジュールはぴったり合っていて、早起きをするようになってから明らかに集中力が高まっている。身体のコンディションは万全だ。あとは気持ちの問題だった。

目を閉じて背筋を伸ばし、落ち着かない心を穏やかに整えようと集中した。耳に入り込む雑踏が次第にぼやけて遠ざかる。物音ひとつない静寂の中にいるよりも心地よく、さくらの意識はゆらゆらと揺蕩《たゆた》った。

「さくら、ただいま。待たせて悪かったな」

水面で魚が跳ねるようにさくらの世界が揺さぶられる。聞き慣れた声に目を開くと、厚いコートを着た父の姿が目の前にあった。父は見覚えのある卵色の紙袋を提げていた。以前にねだったことのある特別なお土産を前にして、心が温かくほぐれていくような感覚に包まれた。

「おかえりなさい。そんなに待ってないから大丈夫。お父さん、今日は仕事じゃなかったの？　いつもより早いって連絡来たときはびっくりしちゃった」

「娘の進路がかかった大事な日なんだから、休みくらいもぎ取って帰ってくるさ。おかげでサプライズができたぞ。もっとも、平日なのに朝から並んだけどな」

父は紙袋を顔の横に持ち上げると子どもっぽく笑った。さくらもつられて笑い、二人は連れ立って歩き出す。

「それにしても、家で待っててくれてよかったんだぞ。こんな寒い日に風邪でもひいたらどうするんだ」

「ごはんの買い物をしたかったからちょうどよかったんだよ。お父さんのお迎えだけなら来てなかったかも」

「はは、さくらも言うようになったな」

普段遠くで暮らしている父と二人きりで話す機会はほとんどない。大切な時間を過ごしているのだと思いながら、さくらは父の隣をゆっくり歩いた。

この温かい気持ちを、自分の料理を通じて両親に伝えたい。二人に振る舞うつもりのオムレツに思いを馳せる。不思議なことに、練習の成果を披露することに対する気負いはなかった。

「いつもと違うスーパーでもいい？　お母さんが、今日は何を買ってもいいって言ってたの」

「構わないぞ。さくらの食べたいものを選びなさい」

父の言葉で足取りが軽くなった。普段行くスーパーと逆方向にあるデパートの食料品売り場に向かう。さくらは真っ先に卵の棚を目指すと、紙製のパックに入れられた六個入りの卵を手に取った。

どこか遠くの牧場名が書かれたその商品は、こだわりを持って生産されたのだと小学生のさくらにもわかった。以前この店でたまたま目にしたときに、両親に食べてもらうならこれを使いたいと考えていた。値段をちらりと見て少し怯みそうになったけれど、今日だけ特別だからと思い切ってカゴに入れる。

二人分作るのだから、卵の数を考えたら絶対に失敗はできない。けれどプレッシャーに押し潰されることはなさそうだった。きっと成功する、そんな自信があった。

卵を買ったあとで、デリカの専門店が立ち並ぶ一角へと足を踏み入れた。そこは食欲をそそる匂いがあちこちから漂い、たくさんの料理がひしめき合うグルメの街だった。いつか作ってみたいと思えるような料理を探し、父を連れてぐるぐると歩き回る。

十数分後、さくらはロゴ入りのレジ袋をいくつか手に提げていた。中にあるのは、りんご入りのポテトサラダ、かぼちゃときのこのチーズ焼き、完熟トマトの煮込みハンバーグ。ここにオムレツが加われば、食卓の彩りはさらに華やかになるに違いない。

「これだけでいいのか？　少しくらい多めに買ってもいいんだぞ」

「食べすぎたらちゃんと寝られないかもしれないし、私はこのくらいで充分だよ。お父さんたちには私がオムレツ作るから、足りないってことはないと思う」

「それならいいんだ。でもな、さくら。オムレツを作るのはどうしても今日じゃなきゃだめか？　明日試験が終わってからでも、受験の結果が出てからでも構わないと思ってるんだが……今夜はいつも通りに過ごして、リラックスしておいた方がいいんじゃないのか？」

小さな子どもに言い聞かせる口ぶりだった。心配されるのも無理はなかった。けれどさくらはふるふると首を振って答える。

「どうしても、今日じゃなきゃだめなの。受験が終わってからじゃ遅いんだ。わがままだってわかってるけど、食べてもらうなら今日って前から決めてたんだ」

隆之は立ち止まって少し考える素振りを見せた。さくらも一緒に足を止める。

「そうか。さくらがそう言うなら、ありがたく今夜いただくことにするよ。それにしてもーーこんなにはっきりと意見を言えるようになったんだな、さくらは。ここ何ヶ月かでずいぶん変わったなあ、いやはや驚いたよ」

発せられた父の言葉に黙り込む。変わったというのはいいことなのか、それともよくないことなのかがやっぱりまだわからない。これまでに周りから言われてきた『意外』という言葉も飲み込みきれていないから、本当にこれでよかったのかと心細くなる。

料理に心を動かされてからのおよそ四ヶ月、いくつもの無理強いを両親にしてきたのだとさくらは思い返した。引っ込み思案で揉めごとを避けたがり、わがままもあまり言わないのがこれまでの自分だったはずだ。けれど短期間のうちにそれは様変わりした。母に感情をぶつけ、競争相手には宣戦布告ともとれる物言いをした。さらに両親に逆らって約束をねじ伏せる真似すらしたのだ。

本当に、自分はこれでよかったのだろうか。声が震えそうになるのを抑えて父に問いかける。

「私、そんなに変わった？」

こわごわ見上げた先で父と目が合う。さくらを見つめる父の瞳には穏やかな光があった。

「変わったさ。前よりずっといい顔を見せてくれるようになった。毎月帰ってきて会うたびに、さくらはどんどん成長しているんだと感じてたよ。なんだか急に大人になっていくみたいで、父さんちょっとだけ寂しい気もするんだがな」

「成長、なのかな……わがままになっただけのような気もするんだけど」

「自分の目標のためにまっすぐ進んでいくのはわがままなんかじゃないさ。さくらはやり遂げる意志を貫く力を手に入れたんだ。誰かに遠慮して自分の意見を言えないとか行動できないとか、今までのさくらはそんなところもあったよな。でも今のさくらはずっと強くなった。殻を割って成長したんだよ」

「殻を割って……」

父の言葉を繰り返す。ひよこが卵の中から殻を割るにはとても大変な力がいると本で読んだことがあった。自分にもそんな力があったのだろうか。その実感はないけれど、父から自分の変化を成長だと言ってもらえたことは素直に嬉しい。大みそかに祖母が頭をなでてくれたことも思い出し、胸の内に温かいものが広がっていく。

それでも不安は残っていた。自分のことでも他の誰でもなく、一番変えたかったものは未《い》だ《ま》に変わらないままだ。なんとか積み上げた自信の根元がぐらつきそうになる。

「成長なら嬉しいな……私ね、お母さんに伝えたいことがあって……でも、あんまりわかってもらえてないような気がする。うまくいかなかったらどうしようって考えが、ずっと頭の中から消せないの」

転がり出たのは弱音だった。父に甘えたい気持ちも、少しあったのかもしれない。璃子が言っていたように母が味方なのだとしたら、父だって自分の味方のはずだ。素直に話せば、助けの手を差し伸べてくれるかもしれない。

「そのことを、ちゃんとお母さんの顔を見て話してみたか？」

「えっ……？」

ぽかんとした顔のさくらに向かい、隆之はゆっくり話を続けた。

「さくら、気持ちってのははっきり言わなきゃわからないものだぞ。黙っていても見ていればわかる、なんてうまくはいかないさ。ちゃんと向き合って、思っていることを素直に伝える。さくらとお母さんのあいだには、それがまだ足りないんじゃないか？」

「そうかもしれないけど……でも……」

「言いづらくても、ちゃんと言わなきゃいけないこともあるよ。まあ、これはお母さんの受け売りなんだがな。結婚する前によく怒られたもんだよ、言わなきゃわからないんだからちゃんと言え、ってな……とにかく、お母さんにはちゃんと言ってみな。今のさくらならきっとできるさ、殻が完全に割れるまであと少しだ」

背中を軽く叩かれた。父の話には腑に落ちない部分もあり、納得いかない表情が浮かんでしまう。言わなければ伝わらないことがあるなんてとっくに知っているのだ。

一緒に料理がしたい。そう素直な気持ちを伝えたのに、無理だと答えた母の返事で傷ついた。そのときの痛みは未だに心に居座っている。言っても伝わらなかった、それが悲しいし悔しい。だから模試の結果が返ってきたあの日も、大きく波打つ感情をただぶつけたくて声を張り上げたのだった。これ以上、なにを言葉にすればいいのだろう。

「おっ、こんなところにいいものが売ってるじゃないか。さくら、これも買っていいか？　父さんこれが昔から好きなんだよなあ」

突然晴れやかな声を上げた父に驚いて顔を上げると、父はすぐそばにある和食惣菜店に並んでいた小さなパックを手にしていた。中には小松菜と油揚げの煮びたしが詰められている。

「さっきも通ったのに気づかなかったなあ。これだけ和食のおかずになるけど構わないよな？　お父さんは単身赴任先でひとりでいるときも、時々このおかずを食べたくなってデパ地下に行っちゃうんだ」

話しながら、父はうきうきとした表情で店員に惣菜を手渡す。さくらはぼんやりとその様子を眺めていた。

油揚げの入った料理を見たさくらが一番に思い出したのは祖母の顔だった。大みその晩に食べた、すき焼きの割下でよく煮た油揚げの味まで思い浮かぶ。祖母が作る料理を思い出すから、父は油揚げの煮びたしが好きなのだろうか。これが父にとっての『母の味』なのだとしたら、そんな料理がある父が羨ましい。自分だって夢に見たハムエッグを『母の味』として食べてみたい。

（もしかして、こういう気持ちをはっきり言えばいいのかな）

考えを巡らすうちに、ハムエッグの夢の話をまだ母に聞かせていなかったことに気づいた。大切な想いを伝えるのはなんとなく照れ臭いし、また拒絶されてしまうかもしれないと思うと怖い。けれど――できることを全部やっていないのに、一度だめだと言われたくらいで諦めていたからうまくいかなかったのではないだろうか。

父に言われた通り、母ときちんと話し合ってみよう。今度は感情任せではなく、想いを確かに届けるために。そう決めた心は穏やかに晴れ渡っていた。

「お父さん」

家までの帰り道、さくらは並んで歩く父に向かって手を伸ばした。

「手、繋ごうよ。小さいときみたいに」

娘からのアプローチに照れたような表情を浮かべる父に、さくらも少しはにかみながら笑顔を向ける。空を覆っていた雲がわずかに晴れ、細く差した夕暮れの光が二人の顔をほんのりと染めた。


泉が帰宅したのは、七時をわずかに回った頃だった。母の帰りを今か今かと待っていたさくらの鼓動は、玄関の開く音を聞いた瞬間からフォルテシモで走り出した。とうとうこのときが来た、と大きく深呼吸する。

「ただいま。なんとか帰ってこられたわ、上司ににらまれちゃったけど」

「おかえり。そんな上司構うもんか、次に顔を見たら娘の自慢話でもしてやればいいさ」

　両親が言葉を交わすのを眺めていたさくらも、母にねぎらいの言葉をかけた。

「おかえりなさい、お仕事お疲れさま。ごはん用意するから、座って待っててね」

　泉はさくらの顔を見ると、重なった視線を静かにそらしながら小さく頷いた。母の様子は明らかにどこかがおかしかった。少し気になったけれど、いよいよオムレツを両親に披露しようというときに余計なことを考えない方がいい。

　席を立ち、リビングのオーディオへと歩み寄った。CDの中からとっておきを選んでデッキにセットする。しばらくするとエルガーの勇壮な行進曲が流れ始めた。

　数あるクラシック楽曲の中で、さくらが一番好きなものがこれだった。心に勇気がわいてくるメロディーや『威風堂々』という曲名に強く惹かれながらも、自分の性格を思うとなんだか不釣り合いのように思えて素直に好きだとは言えずにいた。

けれど今なら、自信を持ってこの曲が好きだと言える。音楽の力を借りて自分を鼓舞したい。そう思いながらボリュームを少し上げた。

　キッチンに入ると置きっぱなしのエプロンを手に取り、慣れた手つきで素早く身につけた。オムレツの材料は母が帰宅する前に準備を済ませてある。調理台の前に歩み寄り「よろしくお願いします」と落ちついて呟いた声は思いのほか響いた。

紙パックに並んでいる卵はまだ冷たかった。ひとつ取り出して握ると、眠りについている卵の呼吸が指の先からしんと伝わってくる。卵を丁寧にボウルの中へと割り入れる。ぷっくりとした色の濃い黄身とつやつやで張りのある白身が揺れながらボウルの底へと落ちた。

三つ割ったところで、卵が泳ぐボウルの中に塩コショウを四回振り入れた。そして小さな器に取っておいた砂糖に小さじを差し入れてすくう。レシピにはないワンポイントは、祖母と聡美先生がいたからこそできたことだ。魔法がかかるように願いながら、白くきらめく粉を卵の上にそっと散らした。

ダイニングから届く旋律は有名な中間部に入っていく。音楽に合わせ、心も自然と整っていくようだった。菜箸で卵を溶きほぐしながら、零してばかりいた頃を思い出す。力加減がわからずうまく混ぜられなかったときに比べたら、今はどれほど上達しただろう。四ヶ月の間ずっと続けてきた練習は確かな技術となってきちんと身についている。その事実が心を後押ししていた。

「頑張れよ。ちゃんと見てるからな」

ダイニングテーブルでお茶を飲んでいる父が声をかけてくる。顔を上げ、カウンター越しに笑顔で頷いてみせた。両親は揃ってどこか心配そうな様子だったけれど、さくらに不安はなかった。料理に取り組む様子を見られているのも、答え合わせではなく見守られているのだと思えばこれほど心強いことはない。

卵を溶き終わったところでＩＨコンロのスイッチを入れ、フライパンに入れたバターを温める。溶けゆくバターを見つめながら、これまでに作ってきた料理を一つひとつ思い出してみた。

秋の調理実習から歩み続けてきた料理の道は、大成功から始まったものの失敗も多かった。嫌になった日もあるし諦めた時期もある。それでもそんな経験の全てが今の自分の力になっている。その記憶を確かめると自然と笑みが零れた。

やがてバターはしっかりと熱せられて泡が弾け、幕を開けようとする舞台に響く開演ベルさながらにわくわくさせる音を立てた。始まりを迎える瞬間はいつだって胸が高鳴る。成功のイメージに包まれ、心に自信が満ちてくるのを感じた。

曲が再び第一主題へ戻る。さくらは溶いた卵をフライパンの中心に一気に注いだ。

その途端、バターが強く抵抗しながら弾けるような音を絞り出した。

バターじゃない、と不意に思った。声をあげたのは卵の方だ。急な温度の変化についていくのがやっとなのだ。自分が変わっていくことに怯えているのかもしれない。

強い熱にさらされた卵は突然のことに身をこわばらせ、流し込まれた姿のまま固まろうとしている。それを菜箸でやさしくほぐしながら、手早く大きくかき混ぜていった。

安心して形を変えていけ、と卵に向かって念じる。変わるのを怖がる必要なんてない。フライパンを軽く前後に揺すり、自分を取り巻く物事の全てに丸をつけながら何度も菜箸で大きな円を描く。

卵が固まりきるよりずっと早いタイミングで、持っていた菜箸をフライ返しに持ち替える。砂糖が入ることで焦げやすくなると聡美先生が教えてくれた。ここからは時間との勝負だ。

フライパンの手前から奥側へと卵を集めていき、両端の絞れた半円形に整える。頼りなく固まっている卵の下にフライ返しを差し込んで浮かせ、すぐにフライパンを垂直に近いほど立てた。卵は滑り落ちずに底に触れていた面を上に向ける。

緊張の瞬間を無事に乗り越えた。差し入れたフライ返しは、天地を返すために添えただけで力は入れていない。料理再開後に初めて試した方法をさらに練習し、安定して卵を裏返せるようになっていたのは大きな成長だった。

すぐさまフライパンを水平に戻して軽く振る。フライ返しで軽く押さえて形を整えると、卵はどこから見てもきちんとオムレツの姿になっていた。

見た目の出来栄えは最高だ。ぞくぞくと高揚感がわき上がるのを感じる。集中していて聴こえなかった行進曲はクライマックスにさしかかっていて、さくらの心とシンクロしながらその世界を結ぼうとしていた。

けれど料理はこれで終わりではなかった。最後にきちんと皿へと盛り付けなければならない。もう一度フライパンを立ててひっくり返し、手早くコンロのスイッチを切り、用意しておいた皿へ卵を移す。

落とさないように、崩さないように。最後の瞬間まで気を抜かずに神経を集中させる。白地に木の葉の緑が鮮やかに描かれたプレートに、オムレツはその身をそっと横たえた。

柔らかな黄色の結晶はさくらが魂を注いだ集大成だった。これまでに作ったオムレツの中で一番の出来栄えだった。心を押し上げる達成感に呑みこまれそうになる。

「できた！」

歓喜の声は抑えきれなかった。コンロにフライパンを戻し、大きく息を吐くと同時に鳴り響いていた音楽が最後の音を奏でて止まった。ブラボー、と心の中で小さく叫ぶ。

「おっ、できたか。どれどれ、冷める前に食べてもいいのか？」

隆之が立ち上がってキッチンを覗き込んだ。両親には一緒に食べてもらいたかったけれど、二つ揃った頃には片方が冷めてしまう。それではあまりにもったいない。

「うん。じゃあ、先にお父さんでもいいかな?」

「いいよ。私は次のをいただくわ」

どこか浮かない顔の母が短く返事をする。母はやっぱり自分のオムレツを食べたくないのだろうか。けれどここまで来てやめるわけにはいかない。食べてくれると言っているのだから、疑わずに心を込めて作ればいいだけのことだ。

もうひとつ同じものを作るためにフライパンを拭って準備を整える。次のオムレツは正真正銘、母のためだけに作る料理だった。抱えた想いを全て込め、母の心に伝わるようにと祈りながら新しい卵を手に取る。リピート再生していた威風堂々は再び旋律を響かせ始めていた。


「はい、できました」

テーブルに視線を落としたまま動かない母の前に焼きたてのオムレツを置き、両親と向かい合って椅子に座る。二回目のオムレツも満足のいく仕上がりだった。少し緊張が緩み、どこか心地よい疲労感がさくらを包んでいた。

「母さん、早く食べた方がいいぞ。このオムレツはものすごくうまいよ。柔らかくてとろとろだし、何よりほんのり甘いのがいいな。いやあ、びっくりした。感心したよ」

父の皿にはもうほとんどオムレツが残っていない。隆之は最初のひと口を食べて「うまい！」と声を上げ、それからは黙々と食べることに集中していたようだった。父に絶賛されてそわそわとはにかみながら、母にも早く食べてもらいたくてそっと視線を送った。

隆之に促され、所在なさげに座っていた泉もいよいよ覚悟を決めてフォークを取った。

「……いただきます」

端から切り分けたオムレツのひと切れを、泉はフォークで刺してゆっくりと口に運ぶ。自分のオムレツに手をつける母から目が離せなかった。失礼な振る舞いにも思えたけれど、母がどんな顔をするのか、どんな言葉を発するのかを余すところなく焼きつけておきたかった。

オムレツの味を丁寧に確かめる様子で、泉はじっくり咀嚼を続けていた。表情ひとつ変えることなく黙って料理を味わう母を前に、さくらの手がじわりと汗ばんでいく。

一問も間違えられないテストの答え合わせをしている気分だった。それでも目を逸らしはしなかった。逸らしたらもう向き合えなくなってしまうのではないかと思えて仕方がなかった。

ようやく最初のひと口を飲み込んだ泉は、黙ったままもう一度オムレツを手早く切って口に入れた。フォークで運ばれるオムレツの内側から、とろけた黄色の雫《しずく》がわずかに零れて皿の上に落ちる。前よりも時間をかけずに飲み下した泉は、そのままさらにオムレツを切っては口へと運び入れていく。あとはひたすらその繰り返しだった。

あっという間に母の皿からオムレツが消えていく。なんだか信じられなかった。なにも言わず顔色も変えず、ただひたすら食べ進めていく母はなにを思っているのか。どんなに見つめてみても、ちっとも読み取れなくて不安がよぎる。

それでも、母が嫌々食べているのではないという確信はあった。お腹が空いて仕方ない子どもが、出されたごちそうに脇目もふらずかぶりついている。さくらの目に映る泉の姿はそれと同じだった。さくらは無我夢中で食べる母をじっと見守り続けた。

とうとう泉の皿からオムレツがなくなった。母はひとつの欠片《かけら》も残さずに自分のオムレツを平らげてくれた、それだけで心の隅々まで満たされた気分になった。ずっと欲しかった評価さえ、もう必要ないと思えるほどだった。

「お母さん、どうだった?」

それでも、やっぱり訊かずにはいられなかった。ただひと言「おいしかった」と言ってくれるだけでいい。それなのに、母はなかなか口を開かなかった。じれったくなり堪えきれずに切り出す。

「私、ずっと今日のために料理を頑張ってきたの。お母さんとお父さんに、これが私のオムレツですって自信を持って出せるように練習してきたんだよ。何度も諦めそうになったけど、私だってやればできるんだってところを見てもらいたかったの。私が頑張ったら、お母さんもごはんを作ってくれるようになるかもって思ったから……私、やっぱりお母さんの作るごはんが食べたかったから。今日のオムレツ、だめなところがあったら教えてほしいな。また練習してもっとうまくなるから。ねえお母さん、私のオムレツ、おいしくなかった?」

言葉が矢継ぎ早に飛び出してくる。けれど以前のように感情的にはなってはいけない、と気をつけた。頑張りを認めてもらいたくてたまらないけれど、それだけでは本当の気持ちを伝えられない。だからできるだけ冷静に、正直に。そう思っても、言いたいことがきちんとまとまらない。重ならない目線をたぐり寄せたくて母の目を覗き込む。

「ごめんなさい……」

わずかに間が空いたあと、ようやく零れた母の言葉はさくらの予想を裏切るものだった。

「どういうこと……？」

「ごめんね、さくら……本当にごめんなさい」

かすれた声で呟く母の目から大粒の涙があふれる。状況が全く飲み込めない。母がなぜ謝っているのか、なぜ泣いているのか、まるで想像が追いつかなかった。頭の中が真っ白になる。

「なんで、なんでお母さん泣いてるの？　私、お母さんを悲しませたくて料理してたわけじゃないのに……そんなに私の料理が嫌だったの？　だったらやらなければよかった……」

両手で口元を覆い、肩を小刻みに震わせる母を見ながら、さくらも泣きたい気持ちでいっぱいになる。このチャレンジは大失敗だったのではないだろうか。母が泣く姿など今までほとんど見たことがなかったのに、自分のオムレツを食べて泣くなんて。そんなつもりはなかったのにどうして。

「違うの、さくら。そうじゃないの……」

鼻にかかった母の声は迷子の子どものようだった。なにが違うのかわからないまま、涙があふれそうになるのを必死で我慢した。泉が落ち着いて話してくれるまでは待つしかない。泉の背中を、隣に座る隆之が黙ってさすっていた。かけっぱなしの威風堂々に、泉のすすり泣く声が混じって溶ける。

やがて泣きやんだ泉は天井を仰ぎ、大きく深呼吸をした。

「取り乱してごめんね。さくらのオムレツ、本当においしかった。ごちそうさまでした。こんなに上手になってたんだね、頑張ったんだね」

待ち望んでいた母の言葉をついに聞けた。けれど母の涙の意味が気になってしまって心が弾まない。さくらと泉の視線が軽く交わる。泉は静かに続けた。

「お母さん、さくらに話さなきゃいけないことがあるの。少し長くなるけど、聞いてくれるかな」

アイメイクが崩れて黒くなった泉の目元には決意も滲んでいた。その顔を見て、唾を飲み込みながら頷き返す。泉は鼻を赤くしたまま、ぽつりぽつりと話し始めた。

「私、ずっとさくらに誤解させちゃってたんだと思う。でも当然よね、さくらに黙ってずっと逃げ隠れしてきたことがあるんだから。でももうそんなことしてちゃだめだって、さくらのオムレツを食べてわかったわ。本当のことをちゃんと話すね」

璃子と交わした会話を思い出した。璃子に心を打ち明けたときに自分が投げかけた言葉を、今度は母が自分に向けている。あのときの璃子のようにしっかり受け止めようと口を引き結び、さくらは続きを待った。

「さくら、前にお母さんは料理ができないんだろうって言ったよね。その通りよ……私は料理が本当に苦手なの。他の人が簡単に作れるものでも失敗しちゃうくらい。結婚前に練習したこともあったんだけど、私のお母さん——もう亡くなってるおばあちゃんね、私と同じくらい料理が下手だったの。おばあちゃんが作るごはんは味付けや火の通りがいつもどこか変で、私はおいしいごはんを家で食べた思い出がほとんどなかった。特別な日にとった出前とか、おばあちゃんの調子が悪い日に買ってきた惣菜とか、そういうごはんの方がずっとおいしいと思ってた。まずい家庭の味なんかより、おいしい惣菜の方が好きだった。それにおばあちゃんから料理を教わっても、うまく作れたことがなくて。まあ、大人になってから料理教室にでも通えばいいかも、なんてその頃は思ってたの。でも……」

泉は誰に向けるともないため息をついた。

「忘れもしないわ。中学二年の春にやった調理実習。さくらがやったみたいに、私も班で料理を作ったの。私は豆腐とわかめの味噌汁を作ってた。友達が助けてくれたこともあって、途中まではうまくいってたのよ。でも、最後にわかめを入れすぎてね。乾燥わかめが小さいからって、足りないと思ってどんどん追加したの。そしたら、最終的に味噌汁がわかめの煮物みたいになっちゃって」

「ちょっと待って。前に私が味噌汁作ってたときに言ってたのって……」

いつかのキッチンでの光景を思い出し、さくらは思わず母の話を遮った。泉はどこか苦笑まじりの笑顔を見せた。

「そう……私がした失敗をさくらに味わってほしくなくて、つい大きな声が出ちゃったんだよね。だって、私が作った味噌汁は本当にひどかったから。味噌汁だけでお腹いっぱいになりそうなんて言われるほどだった。それで……そのときね、お母さんがずっと片想いしてた男子も同じ班にいたの。その男子から『化け物みたいな味噌汁作るとかヤバい』って言われちゃってね。怒ってはいなかったし、ふざけたつもりで言ったみたいなんだけど、私はその言葉ですごく傷ついた。よりによって好きな人からそんなこと言われるなんて耐えられなかった……それで私は恋を諦めたし、いつか料理ができるようになりたいなんて望みも砕けてしまった。だからさくらが同じような思いをして、私みたいに諦めてしまうなんてことになるのは嫌だったの」

母は味方だ。璃子がそう言っていた意味がようやく理解できたような気がした。母は本当に自分を守ろうとしてくれていたのだ。

同時に、晴哉への想いを大切に温めていた璃子の姿に過去の母が重なった。璃子が心細げに漏らしていた言葉を思い出す。好きな相手に文句を言われただけでもつらそうだったのに、失敗を笑われてしまった母はとてつもなくショックだっただろう。かける言葉が見つからなかった。

「投げつけられた言葉が刺さったまま、私は料理をすることが怖くなってしまった。それで料理をしなくていい方法を考えて、しっかり働いてお金をたくさん稼げるようになればいいんだって答えに辿り着いた。そうすれば好きなおかずを買えるし、できたてのおいしい料理が食べたいならレストランに行けばいいでしょ？　そう考えて勉強を頑張って、入った会社でも仕事を頑張ってきたの。誰かが作ったおいしいごはんを食べるために。でも、そのうちお父さんと出会ってお付き合いが始まって……私、そこでもう一度料理に挑戦してみようかなって思ったんだよ。また傷つくかもしれないけど、好きな人には自分のありのままを見てもらおうって。だから、料理のことも隠してちゃいけないって」

そう言うと泉はちらりと隣を見た。隆之は懐かしい記憶に思いを馳せながら頷いている。

「できないなりに一生懸命作って、家に食べに来てもらったときは緊張したわ。あのとき作ったのは肉じゃがだったな……ねえさくら、お父さんったらそのときなんて言ったと思う？」

「わかんない。なんて言ったの？」

泉は隆之をちらりとにらむ。けれど視線とは裏腹に口元は笑っていた。

「ひと口食べたところで『これはまずいね』ってはっきり言ったのよ。具が固い、味は薄い、アクも取れてない、ってね。やっぱりだめなんだ、ってはっきりわかって、きっとまた失望されると思ったら悔しくて涙が出てきてね」

「おいおい母さん、さくらに話すなら正確に言ってくれないと困るぞ。まるで俺が一方的にけなしたみたいじゃないか。さくら、お母さんは食べる前に『今から出す料理がどんな味でも、決して嘘をつかずに正直な感想を教えてほしい』って言ったんだ。ものすごい思い詰めたような顔だったが、そう言われちゃごまかせないだろう？　それで包み隠さず言わせてもらったってわけだ。母さんはそれだけ真剣に考えていたんだよ、本当に頑張り屋なんだ」

父の言葉にこくんと頷く。母が頑張り屋なのは知っている。仕事も家のこともきっちりやってくれているし、学校や勉強のサポートも足りないと思ったことはない。だからこそ、料理だけをしないことが本当に納得いかなかったのだ。

「そうね、正直に話してって言ったのは私だったけど、やっぱり悔しかったの。どうしてこんなに料理のセンスがないんだろうって思ったら情けなくて。でもお父さんは、無理はしなくていい、料理ができなくても構わない、って言ってくれてね。その言葉で、料理ができない私でも受け入れてもらえたんだって救われたような気がして。それからお父さんと結婚して、本当に料理をしない生活をしていたの。だけど……」

母の眼差しが、ふわりと優しくなった。

「私ね、さくらが生まれてから、もう一度料理に挑戦したんだよ。私には家庭の味にいい思い出はないけど、自分がいざ母親になってみたら、子どもが手料理の味を知らずに育つのはよくないような気がしてしまって。下手でも作ってあげた方がいいのかもって、そんな気がしてね……それで調理器具を一式用意したの。さくらがオムレツに使ったフライパンも、そのとき買ったものだよ」

ハッとしてキッチンを振り返る。同時に、首筋が粟立《あわだ》った。

料理を始めた日には使いたい調理器具がなんでも揃っていた。誰も料理をしない家に、フライパンもボウルもフライ返しも当たり前に置かれていたのだ。自分のために買い揃えてもらったわけでもない。どうして今まで気がつかなかったのだろう。

「でも、結局続けられなかった。さくらは私のごはんを食べてくれてたけど、ほんとはまずいと思われてるかもって不安をずっと消せなかった……小さいさくらが昔の私のように我慢してるんじゃないかって、いつも気がかりだったの。そのうちにお父さんの単身赴任が決まって、家のことを私ひとりでしなくちゃいけなくなって……ただでさえ負担に感じていた料理を、それ以上頑張れなくなっちゃったんだ」

泉は声のトーンを落とした。

「これまでいろんな人に甘えてたんだって、今ならわかるよ。自分が料理できないのはおばあちゃんのせいだって思ってたし、お父さんが優しいのをいいことに努力しなかった。料理が上手なお義母《かあ》さんに教わろうともしなかった。さくらにもお惣菜ばかりの食生活をさせて、さくらもそれで不満はないんだと勝手に決めつけてた。料理したがるのも、受験が済んでから教室に通わせればいいって思ってた。どうしてさくらが料理にこだわるのかわからなかったし――ううん、わかりたくなかったのかもしれない。ずっと逃げてきたものに追い詰められるような気がして、さくらの気持ちに向き合うのが怖かったの。ごめんね、さくら」

「お母さん……」

「本当は今日、さくらのオムレツを食べるのも怖かった。食べたらきっとなにかが変わってしまうって、もう逃げられないんだってわかってた。だんだんオムレツが上手になっていくのを見ていたし、なによりもさくらが毎日つけてたノートを見たから……」

息を呑んだ。ノートのしまい場所が変わっていたのは、母が手に取ったからだったのか。

「さくらが椅子を倒して部屋を出て行ったあの日、調理器具を片付けたときに見つけて……勝手に読んでごめんね。あのとき、びっしり書き込まれてる中身を読んだら手が震えたわ。さくらがどれだけ真剣なのか、そこでようやく理解した。それなのに、私はさくらほどの努力をしてきたのかって振り返ったら――なんだか恥ずかしくなっちゃって。母親なのに全然しっかりしてなかったなあ、って思ってね、今のままじゃいけないんだって覚悟を決めたの。でも……それからもなにもしないまま一ヶ月も経っちゃったのよね。さくらはこんなに頑張ったのに、ほんとに情けないな、私」

涙声の母を見ていたたまれなくなり、思わず椅子から立ち上がる。

「そんなことないよ。お母さん、情けなくなんかないよ。それに甘えなんかでもない。だって苦手なことは誰だって大変だもん、でもお母さんは料理を何度も頑張ろうとしてたんでしょ？　私のためにごはん作ってくれてたんでしょ？　私、知らなくて……

知らないからって、お母さんにひどいこと言っちゃった。私こそ、ごめんなさい」

母の過去に触れ、胸の奥にひりひりと痛みが走っていた。自分は調理実習で周りから褒めてもらえた。失敗した肉じゃがもリメイクで助けてもらえた。アドバイスをくれる先生も、後押ししてくれる祖母もいた。支えてくれた周りの人が、うまくいった経験が、ずっと自分に自信をくれていたのだ。

けれど母は、うまくいかないことの連続だった。料理を褒められたこともないのかもしれない。誰にも認めてもらえない努力に疲れて頑張れなくなってしまった母を責めることなんてできなかった。

「いいの。ずっと黙ってた私が悪かったの。さくらと話をする時間はいくらでもあったのに……でも、さくらのオムレツを食べたらなんだか安心してね。あったかくて、優しくて、私を想って作ってくれたものなんだって伝わってきた。きっと私、こんなごはんを食べたいってずっと願ってたんだと思う……これが、家庭の味なんだね。ほんとに、今まで食べたどんな料理よりもおいしかった」

泉の頬にひと筋、涙の粒が滑り落ちた。

「ありがとう。さくらのオムレツに勇気をもらったよ。私、また料理をしてみるよ。おいしいものを作れるようになるまでには、きっと時間がかかっちゃうと思う……それでも、今度こそ逃げないよ。だから、さくら――」

母と娘の視線はまっすぐに重なった。

「これからは、お母さんと一緒に料理してもらえる?」


鳴り止んだオーケストラの余韻の中にいるようだった。

なだれ込んできた母の想いを、一度に飲み込むことはとてもできそうになかった。けれどしっかり触れようともがく。母に返したい想いは胸のうちに次々に溢れ、なにから話せばいいのかわからない。その中でやっと、どうしても伝えたい言葉をさくらは紡ぎ出した。

「お母さん、私、おいしい料理が食べたいんじゃない。お母さんの作る料理が食べたいの。だから……」

泉の目がうるみ、顔が小さくゆがむのを見ながらさくらは息を大きく吸い込んだ。

母から差し出された最後の問いかけは、さくらの心を強く優しい光で満たしていた。光のぬくもりは母のぬくもりだった。ずっと欲しくてたまらなかった、母の優しい手の温度だった。それだけでなにもかもがまっさらに塗り替えられていく。

この手を握り返して離したくない。さくらの昂った感情は音を立てて弾けた。視界をふさいでいた殻が割れて落ちる、そんな力強い音だった。

「だから、いいに決まってるじゃん。一緒にごはん作ろう、お母さん。ほんとだからね、約束だからね」

張り上げたつもりの声は小さく震えていた。視界の端がにじんで母の顔がよく見えない。こらえきれなかった雫がさくらの目から零れ、ぽたりとテーブルに落ちた。

「本当だよ。約束、ちゃんと守るから。私もさくらみたいに挑戦してみるから。今までずっとできなかった分、これからいっぱい頑張るから」

涙で頬を濡らしながら、二人はどちらからともなく笑い合う。感じたことがないほどの温かい気持ちがさくらの胸を満たしていた。これまでの不安も迷いも、挑戦も努力も、全てが今このときに報われた。それがたまらなく嬉しかった。

「それとね、お母さん。ちょっと訊きたいことがあるの」

もうひとつだけ、どうしても確かめておきたいことがあった。息を整えて口を開く。

泉は小首を傾げた。

「お母さん、私が小さい頃に料理してたんでしょ？　そのとき、ハムエッグ作ってくれた？」

泉が目を見開き、隣に座る隆之にその表情を向けた。父の顔にも驚きの色が浮かんでいた。さくらに向き直った泉は懐かしそうに話し出す。

「さくら、まさか覚えててくれたの？　ほんとに小さい頃のことだから、もう忘れちゃってると思ってた……そうだよ、ハムエッグは何度も焼いてた。一番失敗が少なかったから」

その音が耳から聞こえそうなほど、胸がどくんと強く鳴った。足りなかったパズルのピースがようやくはまり、何度も繰り返された夢が幼い日の思い出として完成する。さくらの顔にはみるみるうちに輝きが宿った。

「やっぱり、そうだったんだ。あのね、私ずっと前からハムエッグを食べる夢を見ることがあったの。でも食べようとすると目が覚めちゃって、味はいつもわからなくて。それに誰が作ってくれてたのかもわからなくて……あれは、お母さんだったんだね」

「そうだったの……さくらが夢に見るほどなのに、私ほんとになにをしてたんだろう。ごめんなさい、さくら」

俯いた母に続いて、黙ったままでいた父も頭を下げた。

「お父さんも反省しなきゃいけないな。三人でもっとしっかり話をするべきだったよ。単身赴任していることは言い訳にできないな。お母さんに任せっきりで無責任なことをしてすまなかった。これからはお父さんもできることをしようと思うよ。三人で料理してもいいなら、お父さんも仲間に入れてくれないか？」

両親からいっぺんに謝られて思わず慌てる。けれどきっと子どもとしてではなく、ひとりの人間として向き合ってもらえたのだろう。父と母から成長を認められた喜びはどこかくすぐったく照れくさく、満ち足りた心地がした。

「そんなのもういいよ、私もうなんとも思ってないから。これからみんなで頑張ろうよ。私、そうなればいいなってずっと思ってたからほんとに嬉しい」

泉と隆之はほっとした表情を浮かべた。自分を抱きしめてくれる大きな愛を思いきり抱きしめ返し、ありのままの素直な心から生まれた言葉を口にする。

「お父さん、お母さん、私のオムレツを食べてくれてありがとう。私、料理にチャレンジしてよかった」

晴れ晴れとした声がダイニングを吹き抜けていく。声はやがて二重三重に響き合い、溶け合ってすがすがしい和音を奏でた。そこにあったのは、心が通い合った家族のいる団欒の風景だった。

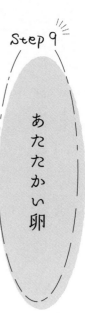

Step 9
あたたかい卵

＊

ぱちぱちぱち。ぱちぱちぱちぱち。

小さな拍手のような音。その正体は知っている。絵本を閉じて振り返り、思いきり身体を伸ばして覗き込んだキッチンには誰かが立っていた。窓から差し込む夕陽のきらめきはひどく眩しく、そこにいる人の姿はあまりよく見えない。けれど、それが誰なのかはもう知っている。

椅子に座り直して絵本をもう一度開く。あと少し待っていれば、楽しみでたまらないひと皿が届くのだ。わくわくしながらめくるお話の中身は頭に入らなかった。そうして最後のページをめくった頃、ぱたぱたと軽やかな足音がこちらへやってくる。

「お待ちどおさま」

優しい声とともに伸ばされた腕。そっと置かれた白い皿。そこに乗せられた料理に笑顔が零れた。ピンク色のハム、白と黄色で描かれた二重の円。よく知っている三色のハムエッグだ。ありがとう、と言いながら見上げた先には、微笑む母の顔があった。

視線をテーブルに戻し、箸を持つ。おいしそうな香りを乗せて漂う湯気を見ながら、大きく息を吸う。今日こそは、このハムエッグを——

「いただきます!」

その瞬間だった。自分の大きな声を合図に、食卓の風景がしゃぼん玉のように弾けて見えなくなった。

気がついたときには、朝の光に照らされながらベッドの上にいた。横たわったままぽかんと天井を見上げる。夢で嗅いだものと似た匂いだけが、そこにほんのり漂っていた。

＊

ピピピ、ピピピ、と目覚まし時計のアラームが鳴っている。何回鳴ったかわからないアラームを止め、見られなかった夢の続きをゆっくりと手放した。眩しいな、と細めた目を再び閉じないように、身体を起こして伸びをする。

「またハムエッグ食べられなかった……」

少しふてくされ気味な独り言が口をついた。あの夢に出てくる人の顔はもうはっきりと見えるようになったのに、味にはやっぱり辿り着けないままだった。

（もう、あの夢は見ないかもしれないな）

なんとなく、そんな気がした。なぜって、夢でハムエッグの味を追いかける必要はもうないのだから。ひと際強くなった匂いに鼻をくすぐられながら、さくらは夢の名残《なごり》に別れを告げて部屋を出た。

キッチンを覗き込むと、エプロンをつけた泉が菜箸を持って険しい顔をしていた。

「お母さん、おはよう。ちょっと寝坊しちゃった」

「おはよう。ねえさくら、この照り焼きのたれって本当に焦げない？　さっき焼き始めたんだけど、ずっと見てないと真っ黒になっちゃうんじゃないかって心配でしょうがないわ」

フライパンから目を離さない──いや、離せない母が焦った口ぶりで呟く。

「そんなに緊張しなくても平気だよ。ほら、たれを肉にかけて中火で五分、裏返してまた五分焼く、って書いてあるじゃん。時間計っておけば焦げないんじゃないかな」

「時間は一応見てるんだけど、この中火っていうのも未だによくわからないのよね。ＩＨコンロって火の大きさが見えないから余計に。この火力でほんとにいいのかな？」

「大丈夫だと思う。お母さんこのあいだポークソテー焼いたじゃん、あのときも中火だったよ。あれおいしかったから、今日もいけるって信じようよ」

「そうね……信じてやるしかないよね、レシピとコンロと……自分のことも」

失敗をおそれて固まっていた母の表情に、少し自信の色が差したように見えた。さくらもエプロンをつけて泉の隣に立つ。フライパンの中を二人で覗き込み、ふと顔を見合わせた。困ったように笑う母に、さくらはひとつおねだりをしてみることにした。

「お母さん、今日はハムエッグも焼いてほしいな。お願いしていい？」

「いいよ。まだ時間はあるから、お弁当のおかずが全部できたら焼いてあげる」

頬が緩むのをそっと隠しながら、さくらもおかずの準備を始める。冷蔵庫から卵を三つと、シンク下の棚から白だしのボトルを取り出し、塩と砂糖も加えた材料をボウルに入れて混ぜていった。そうしてできあがった卵液を、四角い卵焼き用のフライパンに広げて慎重に焼いていく。

祖母直伝の出汁巻き玉子がようやくきれいに巻けるようになったのは、ほんの一週間ほど前のことだった。コツがつかめないから祖母から直接教わりたいと両親に泣きつき、春休みのあいだに強引に帰省してもらったのは少しやりすぎだっただろうか。

「私も焼けるようになるかな、出汁巻き玉子。今はまだ全然できそうにないけど、いつか……」

じっくり焼いた鶏の照り焼きを包丁で切り分けながら、泉がぽつりと呟いた。

「きっとできるよ。私だってできるようになったもん。これからも一緒にいろんな料理作ろう、お母さん」

巻き終わった出汁巻き玉子をフライ返しで整えながら返事をする。少し力を入れすぎていびつになってしまったけれど、きっとハムエッグを食べられる嬉しさで弾む心を抑えきれなかったからだろう。

母と一緒にごはんを作りたい。それは叶わない夢だと思っていた。料理は自分ひとりでしかできないのだと諦めてもいた。けれど、母と並んで料理をしているキッチンの風景は、今や日常の一部として馴染み始めている。できあがったおかずを順番に弁当箱に詰めながら、ささやかだけれど大きな幸せを嚙みしめる。

「お母さん、これもお弁当に入れていい？　朝ごはんでも食べちゃおうよ」

「いいんじゃない？　でもあんまり食べたら、お父さんの分がなくなっちゃうからほどほどにね」

はあい、と浮かれた返事をした。冷蔵庫から取り出したタッパーには、昨晩作った小松菜と油揚げの煮びたしが詰められている。今夜、一ヶ月ぶりに単身赴任先から帰ってくる父のために用意しておいたものだ。二人で用意したサプライズに、父はどんな顔をするだろう。そんな想像をしながら弁当箱に詰めていく。おかずの隙間はきれいに埋まった。最後にご飯をよそうために炊飯器の蓋を開ける。

勢いよく立ち上った熱気を顔いっぱいに浴びながら、その空気を思いきり吸い込む。炊きたてでしか味わえない一度きりの時間だ。充分堪能したあとで、ぴかぴかに輝く白い粒を優しくすくい混ぜた。

「ハムエッグが焼けたら持っていくから、ごはんの支度だけお願い」

ハムの焼ける匂いに乗って届く母の声を聞きながら、テーブルに食器を運ぶ。キッチンとダイニングを何度か行き来し、朝食の準備は整った。食卓に並ぶのは、盛りだくさんのおかずが乗った皿が二枚、ご飯が盛られた茶碗が二個、マグカップが二個、そして箸が二膳。先に席に着いたさくらは、母の気配を背中で感じながらそわそわとハムエッグの到着を待った。

「はい、お待ちどおさま」

さくらの前に、泉が一枚の皿を差し出した。二枚並べられた桜色のハム、その上に乗っているのは白と黄色のコントラストが鮮やかな目玉焼き。夢で何度となく見てきたハムエッグと、そっくりそのまま同じだった。見上げた視線の先には、少し自信がなさそうに笑う母がいる。夢ではない、手を伸ばせば本当に触れられる現実だった。

「待っててくれたの？　先に食べててよかったのに」

「だって、『いただきます』は一緒の方がいいでしょ？」

「うん……そうよね。ありがとう。それじゃ、食べようか」

母娘は揃って手を合わせる。

「いただきます！」

「はい、いただきます」

何から食べようか、そんな迷いはさくらにはない。真っ先に、食べたくて仕方がなかった焼きたてのハムエッグを迎えに行く。切り分けたひと口を運ぶ途中、みずみずしさと香ばしさの混ざりあった香りが駆け抜け、それとともに広がった温度が舌に刻まれる。

ゆっくりと味わう。つるんとした白身はさっぱりしていて、塩コショウの風味が際立っている。こんがりと焼かれたハムは嚙めば嚙むほど味わいが増していく。とっておいた黄身を少しつつくと柔らかく破れ、てらてらときらめきながら零れ出た。まろやかな舌ざわりが心地よい。シンプルでまっすぐな、母の想いに溢れたハムエッグだった。

小さな旋律がさくらの胸のうちを伸びやかに駆け巡っていた。それは楽器のようでもあり、歌声にも聴こえる。譜面を確かめながらたどたどしくなぞられた音色を、さくらは両手で包み込みたい思いにかられた。

「やっぱりおいしい。このあいだ作ってくれたときも思ったけど、お母さん料理下手じゃないよ。卵ぷるぷるだし、ハムも焦げてないし」

「そうかな。ハムを焼きすぎたのに、卵は柔らかすぎたような気がするんだけど」

「ううん、私、お母さんが作ってくれたこのハムエッグが好き。夢で見たのと同じ、いい匂いがしてきらきらしてるの。ほんとに、食べられて嬉しい」

「ありがとう、そう言ってもらえるとほっとするわ。でも、もっとおいしいのを作れるようになってみせるから。楽しみにしててね、さくら」

自信を感じられる言葉に微笑み返す。母が前よりも料理を苦手と思わなくなってきていることが嬉しかった。二人で――父もいるときは三人で、助け合いながら料理をするのは慌ただしくも楽しかった。失敗する日もあるけれど、その味すらも愛おしい。

母が苦労していた照り焼きも冷めないうちに頬張る。ゆっくり噛みしだくと、溶け出した肉汁と甘辛いたれが混ざりあって柔らかく舌にしみた。火は中までしっかり通っていて、皮が少し焦げ気味ではあったけれど気にはならない。焼きたての肉はしっとりしているのに張りがあって、時々食べていた惣菜の照り焼きとはまるで風味が違った。

「さくら、最近ご飯よりおかずの方が進むようになったね」

ご飯のことを忘れていたとは言えず、照れ隠しに舌を出した。口に運び入れた熱い粒は噛めば噛むほどに甘く、清らかな味わいが口いっぱいに広がっていく。

ご飯はいつ食べてもおいしい。それはどんなときだって変わらない。けれど母の作ったおかずと一緒に食べることで、そのおいしさが一層はっきりと感じられるのだ。

茶碗の中身が空になる頃には、皿の上のおかずもきれいになくなっていた。

「ごちそうさまでした。おいしかった、お腹いっぱい」

さくらは箸を置いて手を合わせた。ふと、とある記憶がさくらの脳裏をよぎる。

「お母さん、『理想の朝ごはん』ってどんなのだと思う？」

「理想の、かあ……ちょっといいホテルのモーニングビュッフェなんて素敵だけどね」

首を傾げる泉に、さくらははにかみながら答えた。

「私は、こうやってお母さんと一緒に作って食べてるごはんのことだと思う。去年の調理実習のときにはわからなかったけど、今ならわかるよ。だって、こうやって食べてる朝ごはんってほんとにおいしいから。他の人からは普通って言われちゃうかもだけど、私はすごく嬉しい。だから――一緒にごはん作ってくれてありがとう、お母さん」

少し気恥ずかしかったけれど、素直な気持ちを伝えておきたかった。こちらもわずかに照れたような泉の眼差しは、紛れもない愛情をたたえてさくらに向けられていた。お腹だけでなく心もすっかり満たされた感覚に、身体がぽかぽかと温まってくる。窓から差し込む朝の光に、さくらの顔はきらきらと照らされていた。

「今日はいつもの占い見なくていいの？」

着替えを終えて荷物の準備をしていたさくらは、母に声をかけられて振り返った。少し考えて、小さく首を振る。

「今日はいいかな。見なくても平気」

そうね、と泉は笑いながらリモコンを置いた。見なくてもわかる、今日はきっと悪いことは起こらない。

「ほらほら、これも忘れないで」

足早にキッチンへ入っていった泉が、小さな包みを抱えてきた。薄桃色のランチクロスにくるまれた弁当箱だ。ありがとう、と笑顔で受け取り、トートバッグにしまう。

中学生になってから、毎朝弁当を作るようになっていた。とはいえまだ不慣れで時間がかかるし、泉の仕事が早い日は一緒に作れないので、普段は二人で選んだいろいろなレトルトや冷凍食品も使っている。けれど今日のおかずは全部手作りだった。

この弁当を友人たちの前で広げて、母と一緒に作った料理のエピソードをひとつずつ自慢したくなってしまう。ランチタイムが今から楽しみで仕方がない。

「さて、そろそろ出られそう？　忘れ物ない？」

「大丈夫。小学生の頃から忘れ物なんてしなかったよ」

二人は顔を見合わせて笑った。姿見の前に立ったさくらは素早く身だしなみをチェックする。

品のいい紫紺のセーラーワンピースに、しみひとつない純白のリボン。ライバルと競い、自分と戦い、その末に着ることを許された禮桜女学院の制服だった。胸元を整え、よし、と呟いて玄関に向かう。先に靴をはいていた泉がそこで待っていた。

厚い扉を押し開くと、突き抜けるような快晴の空がさくらの頭上に大きく広がっていた。

「行ってきます!」

見送る人はいない。けれど一緒に出発する人がいる。さくらは高らかに声をあげた。その顔は、咲き誇る満開の桜のように輝いていた。

暖かい春風が、さくらの前髪をふわりとなで上げる。扉を閉めて吸い込んだ春の息吹は胸をいっぱいに満たした。この空と同じように、心も穏やかに晴れ渡っている。

降り注ぐ日差しがどこまでも照らす道を、母娘は並んで歩いていった。

※この作品はフィクションであり、登場する人物・団体・事件等は、すべて架空のものです。

小学館
おいしい小説文庫

泣き終わったらごはんにしよう

武内昌美

中原温人は社会人四年目の少女マンガ編集者。彼の作る優しい料理は、人生の少しの綻びを癒してくれる。スランプに陥ったマンガ家、中学受験に悩む母娘、仕事に真面目すぎる同僚……心の空腹も満たす、美味しい八皿。

小学館
おいしい小説文庫

氷と蜜

佐久そるん

三年前に亡き母と食べた思い出のかき氷「日進月歩」を求めて、関西中を食べ歩いていた陶子が削り手としてコンテストに出場することに!?

氷の削り方と歯ざわり、シロップの掛け合わせの妙など氷の魅力を詰め込んだ青春エンタメ。

小学館
おいしい小説文庫

雨のち、シュークリーム

天音美里

〝ぬりかべ〟のような男子高校生・陽平の恋人は、学校一かわいい同級生の希歩。二人の仲を小三の弟・朋樹がおじゃま虫!?　心やさしい高校生カップルと、母を亡くした家族を、手作りのおやつとごはんが温かく包む。

小学館
おいしい小説文庫

月のスープのつくりかた

麻宮 好

婚家を飛び出した高坂美月は、家庭教師先で理穂と悠太の姉弟に出会う。絵本作家の母親は留学中で不在らしい。誰にも言えない〝秘密〟を抱えた三人は、絵本に描かれた幸せになるための「おまじない」を探してゆく。

――本書のプロフィール――

本書は、第1回日本おいしい小説大賞最終候補作に選出された「殻割る音」を加筆・修正したものです。

小学館文庫

殻《から》割《わ》る音《おと》

著者　中村汐里《なかむらしおり》

二〇二〇年十二月十三日　初版第一刷発行

発行人　飯田昌宏
発行所　株式会社 小学館
〒一〇一-八〇〇一
東京都千代田区一ツ橋二-三-一
電話　編集〇三-三二三〇-五九五九
　　　販売〇三-五二八一-三五五五
印刷所――図書印刷株式会社

造本には十分注意しておりますが、印刷、製本など製造上の不備がございましたら「制作局コールセンター」（フリーダイヤル〇一二〇-三三六-三四〇）にご連絡ください。（電話受付は、土・日・祝休日を除く九時三〇分～一七時三〇分）本書の無断での複写（コピー）、上演、放送等の二次利用、翻案等は、著作権法上の例外を除き禁じられています。本書の電子データ化などの無断複製は著作権法上の例外を除き禁じられています。代行業者等の第三者による本書の電子的複製も認められておりません。

この文庫の詳しい内容はインターネットで24時間ご覧になれます。
小学館公式ホームページ　https://www.shogakukan.co.jp

©Shiori Nakamura 2020　Printed in Japan
ISBN978-4-09-406856-6

腕をふるった
あなたの一作、
お待ちしてます！

第3回
日本おいしい小説大賞
作品募集

WEB応募もOK！

大賞賞金
300万円

選考委員

山本一力氏（作家）　柏井壽氏（作家）　小山薫堂氏（放送作家・脚本家）

募集要項

募集対象
古今東西の「食」をテーマとする、エンターテインメント小説。ミステリー、歴史・時代小説、SF、ファンタジーなどジャンルは問いません。自作未発表、日本語で書かれたものに限ります。

原稿枚数
400字詰め原稿用紙換算で400枚以内。
※詳細は「日本おいしい小説大賞」特設ページを必ずご確認ください。

出版権他
受賞作の出版権は小学館に帰属し、出版に際しては規定の印税が支払われます。また、雑誌掲載権、Web上の掲載権及び二次的利用権（映像化、コミック化、ゲーム化など）も小学館に帰属します。

締切
2021年3月31日（当日消印有効）
＊WEBの場合は当日24時まで

発表
▼最終候補作
「STORY BOX」2021年8月号誌上、および「日本おいしい小説大賞」特設ページにて
▼受賞作
「STORY BOX」2021年9月号誌上、および「日本おいしい小説大賞」特設ページにて

応募宛先
〒101-8001 東京都千代田区一ツ橋2-3-1
小学館 出版局文芸編集室
「第3回 日本おいしい小説大賞」係

くわしくは「日本おいしい小説大賞」特設ページにて▶▶▶
募集要項を公開中！
www.shosetsu-maru.com/pr/oishii-shosetsu/

協賛：kikkoman おいしい記憶をつくりたい。　神姫バス株式会社　日本味の宿　主催：小学館